좋은 사람이 되어 줄게

김유영 에세이

좋은 사람이
되어 줄게

내게 닿은 인연들을
아끼고 사랑해 주는 법

사랑했으므로 행복하였노라

사랑하면 행복해야 하는데 우리는 왜 행복하지 않은 걸까? 우리는 가깝고 친하다는 이유로, 사랑한다는 이유로, 이기적으로 생각하고 그것을 당연하게 받아들인 채 살고 있는 것은 아닌지 모르겠다. 그러므로 그 누군가에게 아픔과 슬픔, 지울 수 없는 상처와 트라우마의 고통을 주며 살아가고 있지는 않은지 살펴보아야 한다.

누군가에게 아픔과 슬픔을 주지 않고 사랑하는 마음을 깊이 헤아릴 수 있길, 그리하여 진정한 행복으로 가는 여정이 시작될 수 있길 바라는 마음으로 삶의 여러 가지 경험을 통해 깨달은 바를 이번 책에 담았다. 어떻게 보면 지극히 개인적인 느낌과 경험일 수도 있음을 전제로 그 어떤 오해나 편견 없이 '그래 이럴 수도, 저럴 수도, 그럴 수도 있겠구나!' 정도의 깊고 넓은 아량으로 보아 주셨으면 좋겠다.

아울러 그 무엇을 탓하기 전에 사랑하는 마음과 행복으로 가는 길을 제대로 알고 받아들여 늘 행복하게 살아갈 방법과 그 길을 가야 하는 자신도 돌아볼 수 있는 기회로 삼았으면 하는 마음이다. 이번 책을 통해 나와의 관계, 그리고 타인과의 관계에서 답답함이 조금이나마 해소되고, 어떤 굴레에서 벗어나기를 바라는 심정이다.

그리고 각 글의 말미에는 저자 나름의 깊이를 더한 '마음의 한 수', '사랑의 한 수', '생각의 한 수', '긍정의 한 수'를 넣어 글의 내용에 담긴 의미를 다시 한번 되새기고 음미할 수 있도록 했으며 필사해 보면 더욱 좋으리라 생각한다.

사람이 만들어 낸 모든 서사에는 나름의 사유가 있고, 그 사유로 만들어진 모든 것을 읽어 낼 수 있었으면 하는 작은 소망도 있다. 우리의 삶은 서사이기에 사람이 만들어 낸 서사를 읽는 것은 사람을 읽는 행위이고, 뜨겁게 사랑과 사람을 읽고, 들여다보는 일이기도 하다. 사람이 만들어 낸 모든 서사에는 시대와 사람이 만든 관습과 정의, 가치관이 들어 있다. 그런 서사의 이야기를 글과 책으로 전달하는 일은 우리가 살아가는 세상 그리고 우리 자신을 이해하기 위한 가장 신뢰할 만한 주석이라 하겠다.

세상에는 무수히 많은 책이 존재한다. 나에게 글을 쓴다는 것은 다른 이들과 이어진다는 뜻이고, 다른 이들과 이어진다는 말은 그들과 더불어 말하고 사유하고 행동한다는 뜻이다. 읽는 이가 없다면 이 책은 존재하지 않을 것이다. 이 책은 깨어 있기 위한 사유의 책이며, 더 나은 삶을 위해 사랑과 행복의 의미를 각자의 몫으로 새롭게 만들어 가는 책이다.
이 책이 나라는 사람을 이해하고, 사랑에서 행복으로 가는 여정의 시작점이 되기를 원하는 마음으로 정중히 손을 내밀어 본다. 우리 모두의 사랑이 저마다의 색으로 단풍처럼 예쁘게 물들기를, 그리하여 '사랑했으므로 행복하였노라' 말할 수 있었으면 더할 나위 없겠다.

깊어 가는 가을 어귀 단풍이 물들어 가는 어느 날
가을 마중을 준비하며

건강과 행복, 즐거움과 미소를 전하는 마법사

김유영

목차

1장   하나뿐인 소중한 나

2장   너와 나, 그 사이

3장   우리라는 이름으로

4장   행복을 향한 발걸음

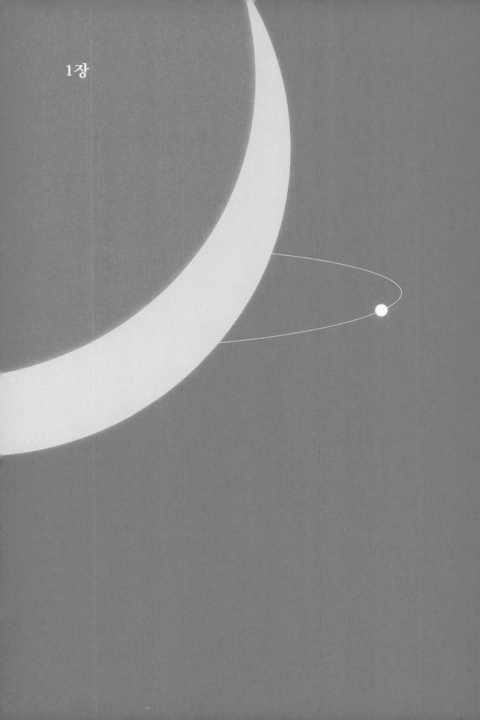

1장

하나뿐인 소중한 나

실천 없는 말과 행동

마흔이 넘으면서 마음속으로 다짐한 것이 있었다. 그중 하나는 언행일치의 삶과 솔선수범의 삶을 살고자 한다는 것이었다. 어떤 말을 하면 반드시 그 말을 실천하는 언행일치의 삶을 살고자 했고, 자신이 한 말을 스스로 실행하고 그다음 타인이 자기를 따르게 하는 것으로 선행기언(先行其言)의 삶을 살고자 다짐했다. 나 또한 사람인지라 자신의 이름과 나이에 책임을 져야 하는 마흔에 접어든 어른으로서의 다짐이기도 했다.

하지만 미흡한 사람임을 알기에 늘 행동보다 말이 앞섬을 경계하고, 말은 적게 내뱉으며 묵묵히 자신이 해야 할 바를 알아 실천하는 삶을 사는 사람이 보기 드문 현실이기 때문이다. 그렇게 선행기언을 마음에 새겨 부단히 노력한다면 그 추구하는 무엇에는 한참 덜 미칠지라도 최소한 언행일치의 단계에는 이를 수 있지 않을까 싶었다.

말은 신중히 하고 실천을 동반해야 하듯이 실천 없는 말은 공허한 메아리에 불과할 뿐이다. 앞으로도 늘 실천보다 말이 앞서는 어른이 되지 않기 위해, 말은 적으면서 묵묵히 실천하며 언행일치와 더불어 선행기언의 마음가짐 속에서 솔선수범의 모습으로 살아가고자 한다. 그 누구도 아닌 나 자신에게 창피하지 않고 부끄럽지 않기 위해서라도.

나로서 사는 것은 쉬우나

나답게 사는 것은 어려운 일이더라

어른으로서 사는 것은 쉬우나

어른스럽게 사는 것은 어려운 일이더라

사람으로서 사는 것은 쉬우나

사람답게 사는 것은 어려운 일이더라

그냥저냥 그럭저럭 사는 것은 쉬우나

의미 있고 가치 있게 사는 것은 어려운 일이더라

그런데도 나답게 어른스럽게 사람답게

의미 있고 가치 있게 사는 것이 맞더라

나만의 인생길

세상이 참 어렵고 복잡해져 간다고 생각했다. 그런데 사실은 머릿속이 복잡한 것이었다. 눈을 감으면 대낮에도 세상이 깜깜하게만 느껴지는 이유를 세상 탓으로 돌리는 나를 그제야 발견할 수 있었다. 자신이 어떻게 보느냐에 따라 복잡다단한 이 세상은 분명히 달라진다. 지금 자신의 처지나 상황이 마음에 들지 않는다 해도 그 속에서 긍정적 요소들을 찾아 하나하나 적어 보자. 자신의 인생을 책임질 수 있는 사람은 오직 자신뿐이니 반드시 스스로 행복을 찾을 수 있어야 한다.

인생에는 중요하지만 쉽게 깨닫지 못하는 것과 눈앞에 바로 보이기에 빨리 얻고 싶어 하는 것이 있다. 사랑, 웃음, 건강과 행복이 전자라면 돈, 명예와 권력 같은 것이 후자이다. 그동안 미뤄 왔지만 진정 추구해야 할 가치를 이제부터라도 찾아서 후회하지 않을 자신만의 삶을 추구하며 살아가기를. 내 삶에서 무엇이 가장 소중한지를 알아 그 길을 걸어가는 자신의 인생길이 되기를 응원하며.

내 삶에 꽃을 피웠으나

열매를 맺지 못하였어도

괴로워하거나 슬퍼하지 말자

꽃은 흔들리며 피고

젖지 않고 피는 꽃 역시 없다

싹을 틔웠으나

꽃을 피우지 못하기도 한다

꽃은 피웠으나

열매를 맺지 못하기도 한다

이 세상 그 어떤 것들도

흔들리지 않고 젖지 않고 가는

삶은 존재하지 않는다

꽃도 사람도 흔들리고 젖으면서 핀다

타인 중심의 악순환

우리가 살아가기 어려운 이유 하나가 타인과 사회생활을 함께하는 것에 그 원인이 있다. 평소 타인과의 관계를 조절하면서 사회생활을 열심히 하려고 노력하는 사이, 그 모든 것이 주변의 평가 기준이 되어 버리고 만다.

다시 말해 주변에 맞춰 살아가는 동안 '타인 중심'이 되어 '자기중심'을 잃어버리기 쉽다. 그렇게 되면 '완벽하지 않으면 안 된다', '실패는 용납되지 않는다' 등의 고정관념이 생기기도 한다.

자기중심을 찾기 위해서는 자신과 마음속으로 대화를 나누고 자신을 소중히 여겨야 주변의 평가에 일희일비하지 않고 타인도 사랑할 수 있게 된다.

장거리 인생 마라톤을 뛰듯 자신의 페이스를 잃지 않는 것도 중요하지만, 만약 페이스를 잃어버렸다면 빨리 되찾는 것 또한 성숙한 사회인으로 살아가는 방법이다.

주변의 시선 때문에 하고 싶지 않은 일임에도 불구하고

어쩔 수 없이 하는 경우가 있다

반대로 하고 싶은 일인데도 주변의 시선 때문에

제대로 하지 못할 때도 있다

보이지 않는 타인의 시선에 얽매여서

자신의 진짜 모습을 보지 못하는 것이다

거짓이 가득한 허상에 매여 살고 있지는 않은지

자신의 참모습을 잃어버리고 있지는 않은지

한 번쯤 진정한 자기 모습을 돌아보고 깊이 살펴보자

타인의 시선이 우선인가? 내가 우선인가?

주변의 시선은 자신이 만든 헛된 생각이다

마음이 괴로울 때

마음이 괴로울 땐 왜 나의 마음이 괴로운지를 들여다보고 살펴보아야 한다. 그 원인을 찾아야지 그저 괴로움에서 벗어나려고만 들어선 안 된다. 대부분의 괴로움은 내가 만들어 낸 착각일 가능성이 매우 높다.

자녀가 부모의 뜻대로 되지 않고, 부모가 자녀의 뜻대로 되지 않더라도 서로 행복해하는 장면을 생각해 보자. 우리는 자꾸만 착각한다. 내 뜻이 관철될 때만 행복하다고, 내 뜻이 상대방의 뜻과 달라도 상대방이 내 의견을 들어주어야 한다고 여기며 그걸 행복이라 여긴다.

그게 행복이라면 자녀를 기르는 과정은 행복이 아니어야 한다. 상대방이 나에게 뭔가를 해 주기만을 바랄수록 내가 얻을 수 있는 행복은 줄어든다. 행복한 결혼을 위해 두 사람이 사랑이라는 울타리 안에서 부부가 되어 같이 산다. 함께하며 행복을 위해 서로가 하나씩 양보한다 해도 얻을 수 있는 것은 절반뿐이다. 그렇게 자기 뜻을 고집 피우지 않고 상대방에게 절반을 맞춘다면 상대와 나는 백을 맞춘 것이 되어 서로가 행복해지는 것이다.

내 뜻대로 관철하는 게 아닌, 상대방이 행복한 것이 오직 내 뜻이기에 훨씬 행복한 것이다. 괴로움과 불편함을 적으로 여기지 말고, 벗어나기 위해 조건을 맞추고 갖추려 하지도 말아야 한다. 나의 뜻을 내려놓을수록 그 어떤 조건에서도 행복할 수 있다.

꽃을 꺾어 자신의 꽃다발을

만들어야 하는 이는 당신이다

꽃핀 마음과 화초를 가꾸는 손으로

씨앗을 뿌려야 하는 이도 당신이다

물을 주고 지켜보며 기다리고

가꾸는 법을 배워야 하는 이도 당신이다

향긋한 꽃과 향기로운 화초를

가꾸는 정신에서 지혜가 피어난다

지혜는 취향처럼 개인적이고

각자의 길을 가면서 자신의 길을 발견한다

길은 무수히 많다

자신의 길을 찾고 지혜의 길을

찾아야 하는 이는 바로 나 자신이다

나는 나답게

한 남성의 이야기이다. 주어진 환경 속에서 열심히 노력하며 살아왔다. 학교에서는 인정받는 학생이었고, 주변 학생들에게 호감의 대상이었으며 노력한 만큼 결과도 좋았다. 그러던 어느 날 그는 주변 사람들을 경쟁자로만 여기고, 누군가의 좋은 소식에 질투하는 자신을 발견했다. 마음속으로는 친구와 비교하며 자신이 더 우월하다고 느끼고 있었고, 친구의 합격 소식은 그에게 은밀한 분노와 박탈감을 불러일으켰으며 관계는 서서히 멀어져만 갔다. 그렇게 그는 자신을 소외시키고 혼자 외롭게 경쟁하고 있었다.

시간이 흐른 지금의 그는 그 어디에도 초대받지 못하고 누구의 관심조차 받을 수 없다. 괴롭고 고통스러운데 그의 주변

엔 이 고통을 알아주는 사람도 없고, 이 괴로움을 누군가에게 토로할 사람조차도 없다. 괴롭고 서글픈 그에게 필요한 것은 타인의 위로와 공감인데, 사람들은 그의 마음을 전혀 눈치채지 못하는 것 같고 세상은 그에게 아무 관심도 없는 것 같았다.

나 아닌 모두는 즐겁고 행복하게 살고 있는 가운데 느끼는 소외감은 박탈감에 동반된 고통스러운 감정이다. 사회적 동물인 우리는 누구나 남과 어울리기 좋아하고 주변 사람들에게 배제되지 않고 소속되어 '인싸(Insider)'가 되고 싶은 사회적 생존과 직결되는 본능을 가지고 있다.

반대로 연결되어 있지 않으면 심히 외롭고 고통스럽다. 우리의 마음속에는 늘 누군가가 있다. 그렇지만 아쉽게도 이러한 소속감이나 연결됨이 위태로워지면 우리는 외로움을 느낀다. 배고픔이나 추위처럼 누군가를 찾아 나서야 한다는 마음과 몸이 보내는 경고음이다. 투명 인간처럼 아무도 나에게 아는 척을 하지 않고 모두가 외면하는 상황이 심리적으로는 더 고통스럽다.

타인의 인정, 좋은 성적, 원하는 대학, 괜찮은 직장과 같은 욕망에 취해서 관계를 거부하고 외로움을 선택한 것은 바로 자신이다. 누군가 알아주지 않는 '아싸(Outsider)'라 하더라도 자신을 외로움으로 내몰지 말고, 사람을 멀리하지 않고 사랑하며 살라는 깨달음을 얻은 것으로 여기고 '마싸(My sider)'처럼 자신만의 그럴싸한 삶을 찾아 살아가면 될 일이다.

그 어떤 사람이라도 괜찮다

하염없이 텅 빈 것 같은

공허함을 지닌 인간이라도 괜찮다

아무런 조건 없는 사랑에 대한

깊은 갈망을 가진 인간이라도 괜찮다

모든 일에 겁이 나서

늘 비상구를 주시하고 있으며

도전하지 못하는 인간이라도 괜찮다

그렇게 멋진 인간이 아니면서도

멋지고 싶어 하는 인간이라도 괜찮다

인정받고 싶어서 좋은 모습만을

내 것으로 생각하는 인간이라도 괜찮다

가슴에 뻥 뚫린 구멍으로

내가 가진 모든 것이 빠져나가

언제나 배를 곯는 인간이라도 괜찮다

다만 나의 모든 것을 판단하지 말자

누군가와 비교하지도 말자

나는 괜찮지 않은 사람이기 때문에

괜찮아지기 위해서 노력해야 하고

그것은 곧 나를 받아들이는 일이다

평가 속에서 살아남기

누군가를 평가하고 평가받는 세상이다. 학업 성적과 입시 결과, 취업과 함께 직장에서의 인사 평가, 사회에서의 평판 등으로 주변 사람들의 기대와 사회적 기준에 부합해야 한다는 요구를 끊임없이 받고 살아간다. 그 기준에 도달하지 못하면 부정적인 시선과 피드백이 뒤따른다. 그렇게 익숙해지면서 우리는 어느새 가장 까다로운 평가자인 자기 자신을 만나게 된다. 시험에서 원하는 성적을 얻지 못했을 때, 중요한 자리의 발표에서 긴장하고 실수했을 때, 상사에게 싫은 소리를 들었을 때 등 외부로부터 부정적인 반응이 올 때 뒤이어 자책하는 내면의 목소리가 올라오기도 한다.

그러나 내면의 목소리는 외부의 평가에 앞서 자책으로 들려

올 때가 있다. '넌 해낼 수 없을 거야', '네가 그러면 그렇지, 그럴 줄 알았어', '그래서 넌 안돼' 같이 자신의 가장 취약한 부분을 날카롭고 깊숙이 파고들어 상처를 준다.

우리는 언제나 좋고 나쁨과 훌륭함과 부족함 사이의 그 어딘가에 자리하고 있으며, 그저 어제보다 조금 더 나은 오늘의 내가 되기 위해 노력할 뿐이다. 성공한 나와 실패한 나, 좋은 나와 나쁜 나, 훌륭한 나와 쓸모없는 나라는 두 갈림길에서 벗어나야 한다.

칭찬받고 싶었지만 그렇지 못해서 슬퍼했던 나와 존재 자체로 사랑받고 싶었던 나의 내면을 들여다보아야 한다. 잘했고 수고했다고 자신을 토닥여 주며 자긍심으로 마음을 가득 채워 살아갈 수 있었으면 좋겠다. 세상 모든 것이 변하는 것처럼, 사람도 늘 변하기에 누군가의 평가도 영원하지 않으니 평가에 눈치 보지 말고 연연하지 않았으면 좋겠다. 당당하고 의연하게 잘살아 보려고 노력하는 당신의 내일은 태양보다 더 아름답게 빛날 것이다. 세상의 시선이 루저(loser)를 만든 것이지, 원래 세상에 루저란 없다.

성공한 삶이란 그리 크고 원대하지 않아도 된다.

성공한 삶은 아주 대단한 것이 아닌

그저 우리의 생활 속에서 가능한 것들이고

성실히 꾸준하게 하다 보면 다 되는 일들이다.

우리가 모두 그러할 수 있고 뭐든지 마음먹기에 달렸으며

실천할 수 없는 일들이라는 시각을 탈피해야 하지 않을까 생각한다.

성공한 삶은 무언가를 바라는 마음 없이

어떤 일에 최선을 다하고 그 일을 묵묵히 해낸 사람이다.

그것이 특별하고, 대단하고, 위대하지 않더라도 말이다.

나를 사랑하는 법

사람들은 건강해지기 위해 영양제와 좋은 약도 챙겨 먹고, 행복해지기 위해 좋은 환경을 만들고 찾는다. 그러나 좋은 약과 좋은 환경이 일시적으로 질병을 호전시키고 불행을 덜어 줄 수 있을지는 몰라도 온전한 건강과 행복을 주지는 못한다.

'땅에서 넘어진 자 땅 짚고 일어서라'라는 말이 있듯이 문제 내에 해결책이 있다는 뜻이다. 스트레스도 마찬가지다. 내게 스트레스를 가장 많이 주는 것이 바로 나이기 때문이다.

스트레스를 받지 않고 건강하고 행복한 삶을 누리기 위해서는 내가 내게 스트레스 주는 것을 멈추어야 하고, 이를 위해서는 스트레스를 자초하는 내가 바뀌어야 한다. 내게 스트레스를 주는 내가, 스트레스를 주지 않는 나로 바뀌어야 한다.

내가 바뀌지 않는 한 나는 결코 스트레스로부터 자유로워질 수 없다. 그런데 많은 사람이 자신의 스트레스를 가족과 친구가 해결해 주기를, 이념과 철학이 해결해 주기를 믿고 기대한다. 참으로 무책임하고 불합리한 생각이지 않은가?

내 마음속에서 내가 만들어 낸 스트레스를 애꿎은 가족과 친구, 종교와 철학에 해결해 달라 책임을 떠넘기는 격인데 이들에게는 그러고 싶어도 그럴 능력이 없다. 돈, 성공, 철학, 이념, 연애, 종교, 친구는 잠시 스트레스를 잊게 해 줄 수 있지만 스트레스를 근본적으로 해결해 줄 수는 없다.

성공을 위해, 돈과 명예를 위해, 종교와 이념을 위해, 자존심을 위해, 심지어는 행복을 추구한다는 명목으로 나를 닦달하고 몰아붙임으로써 새로운 스트레스를 계속해서 당연하게 받아들이고 있다. 결국 스트레스에서 벗어나 건강하고 행복한 삶을 누리기 위해서는 내가 허용하지 않는 한 그 무엇도 내 마음을 바꿀 수 없기에 스스로 바꾸는 수밖에 없다.

나의 몸과 마음을 닦달하고 괴롭히는 것을 멈추고 대신 나를 아끼고 사랑해 줘야 한다. 이것이 스트레스에서 벗어나 건강과 행복을 누리며 살 수 있는 가장 효과적이고 유일한 방법이다. 스트레스를 주는 것도 나이고, 해결하는 것도 나이기 때문에 모든 초점이 나에게 맞춰져야 하는 이유다. 내가 바뀌기 전에는 건강과 행복이 내게로 흘러들지 않는다.

슬플 때는 기쁠 때를 생각하고
기쁠 때는 슬플 때를 생각하자
환호할 때 교만에 빠지지 않고
낙심할 때 좌절하지 말자

'이 또한 지나가리라'
슬픔과 기쁨의 감정이 오고 가듯
머물지 않고 영원하지 않고
세상 모든 것은 머물다 지나간다

흔들리지 않는 마음

내면의 화와 분노에 취약한 사람은 자신이 맞닥뜨린 순간을 곧장 분노할 만한 상황으로 해석한다. 슬픔과 우울함에 취약한 사람은 슬프고 우울한 상황으로 해석하길 반복하듯이 자신이 처한 상황을 왜곡하여 해석하는 경향이 강하다. 그렇게 감정에 휩쓸린 눈으로는 상황을 제대로 파악하고 판단하기 어렵다.

그래서 상황을 알기에 앞서 자신의 감정 구조를 이해하는 노력이 필요하다. 이해하게 되면 벗어나 경영할 수 있게 된다. 지나친 감정은 덜어 내 줄이고, 부족한 감정은 북돋우고 기르는 식으로 나의 모든 반응과 몸의 현상을 있는 그대로 주의 깊게 관찰하면 드러나게 되어 있다. 그런 다음 알아차림과 마음

챙김을 장착하면 감정과 잡념을 다스릴 수 있게 되고, 그 어떤 것에도 흔들리지 않고 집중할 수 있게 된다.

화가 날 때 화를 내는 사람은

어리석은 사람이다

화가 날 때 화를 참는 사람은

현명한 사람이다

화가 날 때 화를 알아차리는 사람은

지혜로운 사람이다

화가 날 때 화를 다스리는 사람은

어진 사람이다

화가 날 때 화를 사랑으로 대하는 사람은

사랑이 가득한 온화한 사람이다

알 수 없어 더 좋은 하루

'뭘 해도 행복하지 않다'

'이렇게 살아도 되는 걸까'

'내가 진짜 뭘 좋아하는지, 하고 싶어 하는지 모르겠다'

'잘되고 있는데도 계속 불안하다'

그렇다. 삶이란 어떻게 펼쳐질지 아무도 모르고 알 수 없다. 내가 야학으로 중학교를 졸업하고, 검정고시로 고등학교 과정을 마칠 줄은 꿈에도 생각하지 못한 일이었다. 누구의 도움 없이 마흔 중반부터 지금까지 에세이 6권을 출간하고 강연을 다닐 줄은 꿈도 꾸지 않았다. 독학으로 500건 이상의 심리상담사로 활동하리라고 전혀 상상하지 못했다.

그렇다. 인생에는 한 번에 되는 것은 없다. 삶은 절대 완성되지 않는다. 삶은 늘 공사 중이듯 우리네 인생도 늘 자신을 돌아보고, 반성하고, 개선하며 성장하는 수리와 보완의 삶이다. 그러니 내 뜻대로 되지 않는다고 슬퍼하거나 좌절해서도 안 된다. 우리의 뜻은 매우 한정적이다. 세상에는 내 뜻을 벗어난 중요한 일들이 매우 많다. 다음 질문들을 스스로에게 묻고 답해 보자.

· 그 일을 정말 좋아하고 잘하는가?
· 그 일을 해도 지치지 않으며 기쁘고, 즐겁고, 행복한가?
· 그 일이 내 삶을 빛나게 해 주는가?
· 그 일에 삶의 의미와 가치가 들어 있는가?
· 그 일이 심장을 뛰게 하는가?

지금부터 이 질문에 "그래!"라고 답할 수 있는 무언가를 찾길 바란다. 자신이 생각하고 꿈꾸는 자신만의 멋진 삶을 살고 싶다면 말이다.

자기 내면을 밝고 명확하게

그릴 줄 알아야 한다

자신이 원하는 행복한 모습을

생생하게 떠올릴 수 있어야 한다

긍정적 생각을 품고 있는 사람은

긍정적인 일을 만들고

걱정과 의심 두려움과 질투처럼

부정적 생각을 품고 있는 사람은

부정적인 일을 만든다

당신이 성공과 행복을 원한다면

어떻게 해야 하는지 답은 이미 나와 있다

당신이 그것을

이해하든 안 하든 믿든 안 믿든

나는 뭐든지 할 수 있다는

자기암시와 더불어

받아들이고 실천한다면

성공과 행복한 삶을 만날 수 있다

당신은 당신이 알고 있는 것보다

무한한 힘과 가능성을 지니고 있다

좋은 마음가짐은 좋은 결과를 만든다

할 수 없는 사람은 가르치고

할 수 있는 사람은 움직인다

따뜻함을 지닐 수 있는 용기

나는 당신이 용기를 지니기를 바란다. 이 세상이 당신이 냉정하길 바랄 때 따뜻한 마음을 지닐 수 있는 용기 말이다. 원하는 만큼의 성공을 이루길 바라는 한편, 그 성공을 누그러뜨리는 실패 또한 경험하기를 바란다.

당신의 모든 날에 행복이 함께하길 바라는 한편, 당신이 슬픔 또한 경험하여 그 행복의 크기를 보다 잘 느낄 수 있기를 바란다. 슬픔을 능가하는 기쁨을 갖기 바라고, 유머와 반짝이는 눈을 갖기 바라며, 영광과 그에 따른 부담을 견뎌 내는 힘을 갖기 바란다.

당신의 길에 햇빛이 비치길 바라며, 하루에 재미를 더하는 폭풍 또한 만나길 바란다. 살아가는 세상과 진실이 담긴 마음의 작은 구석까지 평화가 함께하길 바란다. 삶을 돕는 올바른 신념을 갖기 바란다.

그러나 그 무엇보다 당신이 갖길 바라는 것은 그 모든 것을 가치 있게 만드는 사랑이다. 사랑이라고 간단히 정의 내리는 것은 삶의 본질이다. 그것은 당신의 얼굴에 미소를 그려 낼 수도 있고, 발걸음을 가볍게 만들 수도 있으며, 마음에 즐거움을 가져다줄 수 있다.

당신의 세상이 무너져 내린다고 하더라도, 당신의 손을 붙잡고 눈을 맞추며 '사랑해'라고 말해 주는 사람이 단 한 명이라도 있다면 당신은 그 위기를 극복해 낼 수 있다. 사랑은 태도라는 꽃에 촉촉이 내리는 단비와 같은 존재다. 당신 주변에 사랑하고 사랑받을 수 있는 사람들이 있다면 당신이 할 수 있는 다른 그 어떤 것보다 당신의 삶에 음악을 흐르게 할 것이며 영혼을 채워 줄 것이다. 사랑은 세상을 가치 있게 만든다.

태풍이 휩쓸고 지나갔다

집은 할퀴고 나무가 부러지고

풀들은 죄다 허리를 꺾고 드러누웠다

시련이 지나간 자리도 못지않다

지금 당장이라도 세상에서

연기처럼 사라져 버리고 싶고

내일 아침 또 힘들고 아픈 하루를 시작하느니

영원히 잠에서 깨고 싶지 않을 만큼 힘들어도

하루를 버티고 이겨 내고 넘기고

또 하루를 버티고 이겨 내고 넘기다 보면

신기하게도 다시 살아지더라

자연은 자생적 치유의 힘으로 다시 살아나듯

시련에 상처받은 우리 가슴에도

다른 희망이 들어와 앉는다

무언의 살인자, 스트레스

'스트레스'를 세계보건기구에서는 전 세계에 퍼진 전염병으로 명명했다. '전염'이란 병이 타인에게 옮음을 말하고, 타인의 습관이나 분위기, 기분 따위에 영향을 받아 물이 듦을 말한다. 유사한 단어로 감염은 나쁜 버릇이나 풍습 따위가 영향을 주어 물이 듦을 말한다. 그렇다면 스트레스 없는 삶을 살면 될까?

현실에서는 불가능하다. 스트레스는 우리의 일상생활 속에서 관계하는 비즈니스나 사람과의 관계와 함께 개인적인 삶의 일부분을 늘 차지하고 있다. 이처럼 피할 수 없다면 차선책은 무엇일까? 그것은 스트레스 관리다. 스트레스는 삶의 다른 일들과 마찬가지로 스트레스를 관리하는 것도 매우 개인적인 일이다. 사람마다 스트레스 지수도, 강도도, 관리 능력도 다르기 때문이다.

나의 경우 스트레스 관리 1순위로 나만을 위한 시간을 갖는다. 모든 일정과 휴대전화를 잊고 오직 나와 자연, 또는 좋은 책만 있으면 된다. 조용한 시간은 나를 충전하고 나 자신을 영혼과 다시 이어 주는 데 큰 도움이 된다. 2순위는 운동으로 긍정적인 태도를 유지하는 데 있어서 좋고 규칙적으로 땀 흘려 운동하다 보면 몸속에서 증가한 산소량과 엔도르핀이 스트레스 해소에 도움을 주기 때문이다. 아이들에게도 자기 자신을 채워 가기 위한 놀이가 필요하듯이 어른들에게도 자신만의 놀이가 필요하다.

그것이 운동이건, 오락이건, 산책이건, 독서이건 간에 그것을 무조건 실행해야 한다. 저축이 재정적 안전을 위한 투자이듯, 놀이는 자신의 건강을 위한 투자다. 스트레스가 나를 잡기 전에 자신이 스트레스를 먼저 잡으면 스트레스를 지배할 수 있다. 삶을 놀이처럼 살아야 한다는 어느 철학자의 말처럼 마음 편히 놀이처럼 살다 가자.

과연 스트레스를 안 받는 사람이 있을까?

세상 모든 사람은 스트레스와 함께 산다.

스트레스를 푸는 방법은 음악을 듣거나

영화나 연극 등의 공연을 관람하는 것처럼

각자 자신만의 방법으로 풀면서 살아간다.

그런 스트레스는 최대한 덜 받도록 노력하고

가라앉히는 것도 좋지만,

때로는 분출하는 것도 효과적이다.

슬플 때 눈물을 쏟아 내거나

목청껏 노래를 부른다거나

샌드백을 마구 쳐 보는 것 모두 비슷한 이치다.

때로는 다독이고 위로받는 힐링이 답답하거나 지겹다면,

속 시원하게 분출하거나 발산하는 것으로도 해소할 수 있다.

나에게 맞는 스트레스 해소 방법을 실행해 보고 알아 두면 좋다.

편안히 잘 자요

매일 밤, 편안한 잠이 이어지고 있는가? 우리가 잠을 자는 동안 뇌에서는 기억을 관장하는 해마가 활발히 일하고 입력된 정보 중 남길 것은 남기고 버릴 건 버리며 정리한다. 그런 잠은 결코 아까운 시간이 아닌 나를 위한 시간이다.

최고의 숙면을 위해서는 두 가지를 반드시 꺼야 한다. 하나는 스마트폰이다. 잠들기 전 스마트폰은 숙면과 최악의 궁합이다. 스마트폰의 인공조명은 멜라토닌의 생성을 억제한다고 한다. 멜라토닌은 우리 몸의 생체리듬에 개입해 숙면을 유도하는 호르몬인데, 어두울 때 왕성하게 분비되기 때문이다. 또한 눈 건강에도 좋지 않다. 태생학적으로 눈은 뇌와 직접 연결된 기관으로 피로감을 쉽게 느끼는데, 스마트폰을 잠들기 직전

까지 하게 되면 눈에 과도한 긴장을 초래하는 격이다.

그리고 스마트폰을 껐다면 한 가지가 더 남았다. 바로 생각이다. 불면에 시달리는 사람들이 이런저런 생각으로 뒤척이는 이유다. 걱정과 고민이 많아 잠이 오질 않고 해야 할 일에 대한 생각을 끊지 못한다. 심지어 '자야 한다'라는 강박적인 생각에 더 잠을 잘 수 없다는 사람들도 많은 게 현실이다.

잠들기 전에는 스마트폰도, 자야 한다는 강박도, 생각도 내려놓고 고요한 밤의 어둠에 심신을 맡기고 내일 다시 주변이 햇살로 환해질 때, 그때 다시 힘을 내도 괜찮다. 익숙해지면 하루의 시작이 좋아지고 긍정적인 에너지가 뿜어져 나와 즐겁고 건강한 삶을 살 수가 있다. 오늘도 안녕히 주무시기를.

오래전부터 매일매일

잠들기 전에 하루를 돌아보고 있다

잘하고 잘못한 것과 편하고 안일했던 것을

매일의 반성과 돌아봄의 마음으로

하루에는 하루에 한 모든 것을 점검하고

월말에는 한 달의 모든 것을 점검하고

연말에는 한 해의 모든 것을 점검한다

바쁘고 귀찮고 번거로운 중에도

빠뜨리지 않고 하는 이유는

깨어 있는 가운데 성찰하고

비움의 깨달음을 얻기 위함이며

편안하게 잠들기 위함이기도 하다

나를 믿는 힘

무슨 일을 하든, 어떤 일을 하든 자신감이 있어야 성공한다. 그 성공이 반드시 화려하거나 거창한 것이 아니더라도 말이다. 축구 경기에는 경기가 끝난 뒤 수훈 선수 MOM(Man of the Match)을 발표하고 인터뷰한다. 경기를 마친 선수들은 지쳤지만, 승리의 자신감으로 인터뷰를 하는 것이다. 유명한 강사나 성공한 기업 CEO의 강연 등을 봐도 모두가 자신감에 빛이 나 있다. 그렇다면 이런 자신감이 없거나 바닥으로 떨어졌을 때는 어떻게 해야 할까?

자존감이나 자신감은 자존심과는 조금 다른 개념이다. 분류하자면 자존감이나 자신감은 '내가 나를 어떻게 생각하는가'와 연관이 있고, 자존심은 '타인이 어떻게 생각해 주기를 바라는가'와 연관되어 있다고 생각하면 이해가 좀 쉽다. 그 때문에 자존심에 난 상처는 비교적 쉽게 극복할 수 있지만, 자존감이나 자신감이 떨어지면 회복이 더딘 경우가 그 때문이다. 낮달이 분명 하늘 위에 있지만, 대부분은 보려고 하지 않거나 보지 못한다. 낮에 뜬 달은 잠시 기분전환에 도움이 될 뿐 크게 영향을 끼치는 존재는 아니다.

하지만 적당한 시간이 되면 있는지 없는지 존재의 유무조차 알 수 없고 사람들의 관심에서 비껴 있었던 낮달이 밤이면 밤하늘의 주인공으로 바뀐다. 어두운 밤길도 비춰 주고, 우리들의 소원도 들어준다. 한 폭의 그림의 소재가 되기도, 한 편의 시로 탄생하기도 한다. 그런 자기만의 자신감을 낮달은 가지고 있다. 자신감은 나를 믿는 힘에서 비롯되고, 그 힘이 성공으로 이어지는 것이다.

사람이 성장하는 데는

저마다의 시간이 걸린다

그 사람에게 맞는 성장 속도가 있기에

그 시간은 사람마다 다르다

그러니 자신을 몰아치지 말고

옭아매지 말고 조급해하지 말고

주변을 의식하지 말고

자신을 믿고 현재에 집중하며

묵묵히 한 걸음씩

최선을 다해 가다 보면

내가 생각한 시간보다

어느덧 멀찌감치 와 있는

나 자신을 발견하게 된다

내 안의 잠재력

내 안의 잠재력을 부정하지 말자. 사람은 자신도 알지 못하는 가능성을 지니고 있다. 인간은 대단한 잠재력을 지닌 존재다. 토끼가 방아를 찧고 있는 달을 쳐다보며 달에 가고 싶다고 갈망했던 사람들의 강렬한 염원이 있었기에 오늘날 그 꿈이 실현되었다. 긍정적 가능성을 부정하지 않고 한 걸음 한 걸음 도전해 왔기에 달에 가까워진 것이다. 이순신은 "신에게는 아직 12척의 배가 남아 있사옵나이다"라는 말과 함께 싸움에 있어 죽고자 하면 반드시 살고 살고자 하면 죽는다는 결기가 있었기에 전승할 수 있었다.

'할 수 없다'는 생각을 '할 수 있다'는 생각으로, '가능할지 모르겠다'는 생각을 '가능할 것 같다'는 생각으로 바꿔 나가면 된다. 이러한 사고방식과 마음가짐이 자기 잠재력과 가능성을 계발하는 데 이루 말할 수 없이 큰 도움을 준다. 모든 가능성에 대해 순수하게 마음을 열어 두는 긍정적인 생활과 유연한 사고방식이 필요하다.

그다음은 자신이 역경에 강한 사람인지 약한 사람인지, 쉽게 자포자기하는 사람인지 용기 있는 사람인지를 알게 된다. 기회는 세상 곳곳에 널려 있으며 기회를 잡으려 도전하는 사람만이 성공을 향한 도전권을 얻을 수 있고 성공할 수 있다.

있는 그대로의 나를

인정하는 건 생각보다 어렵다

자신에게 정직할 수 있는 것은 힘들지만

정직할 수 있게 되면

타인으로부터 믿음이라는

자산을 얻을 수 있다

자기 잘못이나 실수를 인정하는 것에는

더 많은 용기가 필요하다

그렇게 자기기만을 이겨 내는 것이

용기이고 통찰력이다

그다음 세상을 견디는

가장 강력한 힘이 되어 준다

마음의 날씨

오늘이 어제 같고, 내일도 어제 같은 반복되는 일상에서 몸과 마음은 따로 논다. 언제까지 회사에 있을 수 있을지, 퇴직자금은 충분한지, 앞으로 나의 노후는 어찌 될지와 같은 미래에 대한 걱정과 고민이 머릿속을 끝없이 맴돈다. 때로는 그때 다른 선택을 했더라면 지금의 나는 어땠을까 하는 과오나 아쉬움에 마음이 가 있기도 하다.

비단 나만이 아닌 이 시대를 살아가는 우리 모두의 고민일 수 있다. 내 몸은 쉬고 있는데 마음은 쉬지 못할 때가 많다. 반대로 몸은 열심히 일하고 있는데 마음은 저 멀리 달아나 있을 때도 있다. 어느새 나의 일상은 사회생활에 최적화되어 있고, 불확실한 변수를 없애려고 노력했으며 안정적인 삶을 꿈꿔 왔다.

세상은 빠르게 변하고 있지만 나의 하루는 술에 취해 비틀거려도 집을 정확하게 찾아가듯 가장 안전하고 익숙한 경로로 설정되어 있어 아무 생각 없이도 정해진 루틴대로 잘 지나간다. 하루하루는 어떻게든 능선을 넘어가듯 넘어가고 있는데 마음은 자꾸 불안하고 걱정은 많아진다. 인생을 향해 나아가는 길을 잊어버리진 않았는지 마음은 이런저런 생각으로 가득하기만 하다.

지금부터 잡념을 버리고 반복했던 모든 것을 리셋한 뒤 마음이 느끼고 알아차릴 수 있게 마음을 담아 처음 해 보는 것처럼 새로운 마음으로 다시 해 보면 마음의 날씨는 흐림이 아닌 언제나 맑음이 된다. 그렇게 익숙해지면 나와 같이 살아가는 사람들과 세상이 창밖의 풍경을 바라보듯 새롭게 다가오고 신선하게 느껴질 것이다.

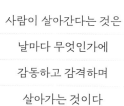

사람이 살아간다는 것은

날마다 무엇인가에

감동하고 감격하며

살아가는 것이다

안녕한 오늘 하루

'번아웃 증후군'은 육체적, 정신적 피로를 느끼며 일에서 오는 열정과 성취감을 잃어버리는 증상의 정신적 탈진이다. 마음이 지쳐 뭘 해도 딱히 행복하지 않거나 마음의 기력이 소진되어 정상적으로 회복되지 않는 경우다.

쉽게 말해 몸과 마음의 균형이 무너졌다는 신호이니 만약 번아웃 증후군이 왔다는 느낌이 든다면 그동안 하던 일을 잠시 멈추고 새로운 마음으로 운동하거나, 글을 쓰거나, 재정적한도 내에서 쇼핑하거나, 여행을 즐기는 것과 같은 취미생활을하는 것이 좋다. 잠깐 모든 것을 내려놓고 지금 살아가고 있는자신의 전반적인 상황을 살펴보고 정돈해 나가야 한다. 일상에서 언제나 마주하는 일과 사람, 관계 속의 걱정과 고민거리를 살펴보고 정서적으로 균형도 맞춰야 한다.

스트레스를 줄이고 즐거움과 행복을 얻고자 한다면 치열한 노력 또한 필요하다. 인생을 살아감에 있어 일과 즐길 거리와 사랑의 적절한 조화가 어우러져야 한다. 날씨처럼 시시각각 때때로 변하는 게 사람의 마음이고 감정이다. 일에서는 실패보다 성취와 만족감을 점검하고, 일상에선 소소한 즐길 거리를 찾으면 된다.

내 곁의 소중한 사람에게 안부 인사를 하고, 한 해 열심히 살아온 자신에게 작은 보상도 해 주면 좋다. 그리고 혼자서라도 좋아했던 것을 찾아 즐기고, 활동하는 모임에 가서 소통도 하고 지내면 주저앉거나 쓰러지지 않고 건강하고 즐겁게 행복을 만끽하며 살아갈 수 있다.

• 마음의 한 수 •

오래된 흙집의 흙벽이

후드득후드득 떨어지듯

견고하다 싶었던 마음이

툭 하고 순식간에 무너질 때가 있다

태연하던 마음이 한순간에 무너질 때가 있다

어디에도 뿌리가 보이지 않을 때가 있다

끝도 없이 마음이 가라앉을 때가 있다

그 어떤 것도 마음에 와닿지 않을 때가 있다

그럴 때면 일과 책도 차와 커피도

사람과 세상 풍경도 전해지는 이야기도

익숙했던 모든 것들이 약속이라도 한 듯 뒷걸음질 친다

그 순간 내가 낯설고 세상이 낯설다

모래알 구르듯 시간이 지나가고

어둠이 깊고 깊도록 그 어떤 소리도 들리지 않는다

마침내 향방이 사라진다

그럴 때면 발버둥을 치지 않는다

고함을 지르지도 안간힘을 쓰지도 않는다

미끄러지듯 무중력의 시간에 나를 맡긴다

유빙처럼 어디에 닿을지 알지는 못하지만

있는 모습 그대로를 떠받칠 나보다

깊은 내부에 모든 것을 맡긴다

고독감에서 고독력으로

'고독감'은 외로운 감정이고, '고독력'은 고독 극복 능력이며 고독을 즐기는 힘이다. 고독력은 복잡하고 숨 막히는 세상살이에서 잠깐 한 발짝 물러나 자신을 돌아보며 긍정의 마음과 정신을 회복하는 것이다. 고독력이 아니라 고독감에 휩싸여 있을 때는 아름다운 것들을 쳐다보기도 싫어진다. 달 밝은 밤에 홀로 강가에 가지 말라는 말이 있듯이 혼자 달을 쳐다보면 추억과 아픔이 몽글하게 떠올라서 왠지 모르게 가슴 먹먹해지도록 서러워진다.

제아무리 멋지고 아름다운 호숫가 야경이 눈앞에 펼쳐진다고 해도 눈길 돌리지 못하는 그런 밤이 있다. 지치고 힘들고 버겁지 않은가? 고독감에 있지 말고 고독력으로 고독을 즐겨 보자.

외롭다는 것은 내 옆에

사람이 없어서가 아니다

마음의 문을 닫아서

외로워지는 것이다

스스로 마음의 문을 닫으면

수많은 사람과

서로 몸을 부대껴도

어쩔 수 없이 외롭다

마음의 문을 닫고

눈을 감고 있기 때문에

밝은 대낮에도 어둡다고

소리치는 것과 같다

그것을 알아차려

스스로 마음의 문을 열면

깊은 산속에 혼자 살아도 외롭지 않고

풀벌레도 친구가 되어 주고

산짐승과 새들도 친구가 되어 주고

밤하늘의 달과 별도 친구가 되어 줄 것이다

온전한 내 삶

내 삶과 인생의 주인은 바로 나 자신이고 자기 삶에서 무엇이든 결정할 권리가 있다. 어떤 일을 피하고 어떤 일에 과감하고 용감하게 맞설지도 스스로 결정할 권리가 나에게 있는 것이다. 그러므로 자기 삶과 인생을 살면서 타인의 시선을 의식할 필요는 없다. 그러나 제멋대로 행동하고 쾌락을 일삼으며 우유부단하게 행동했다면 그것에 대한 대가는 반드시 치러야만 한다.

물론 방종과 자유는 달라서, 자유를 갈망하는 것이 이기적인 행동은 아니다. 우리는 물질 만능 사회에서 독립적인 자아와 인격을 유지하도록 노력해야 하며 주관이 사라져 가는 사회에서 자신만의 원칙과 인간으로서의 기본 권리를 지켜야 한다. 내 인생의 주인공은 바로 나이며 내가 없으면 이 세상은 무의미하므로 자신을 소중히 여기고, 사랑해야 한다. 삶에는 내가 들어 있어야 온전한 내 삶이 되는 것이다.

나는 순간순간을 그 무엇보다

소중하게 생각한다

앞으로도 전력을 다해

끝까지 달려 나갈 준비도 되어 있고

더 나은 내가 되기를 바라며

더 뜨겁게 사랑하며 살아가기를

바라는 마음으로 미래의 삶을 기대한다

자신이 하는 일을 열정적으로 사랑하고

그것이 중요하다고 느끼는 것

그 외에 다른 어떤 것이

이보다 더 기쁘고 즐거울 수 있을까

세상에 잘 알려진 성공은

자신이 하는 일을 매우 열정적으로

좋아하고 사랑했기 때문에

그것이 밖으로 드러난 것이다

하루하루가 소중하다

날마다 무엇인가를 배우려 하고

날마다 자극받기를 원하고

날마다 또 다른 누군가에게

자극이 되는 삶을 살기를 바라며

설령 내가 원하는 대로 바라는 대로

내 뜻대로 되지 않더라도

내가 하는 일을 그 길을

열정적으로 사랑하며 살아가고자 한다

보고 듣는 것은 소극적인 자세다
행동하고 실천하는 것은 적극적인 자세다

보고 듣고 먹고 말하고
생각하고 행동하는 것은 우리의 일상이다

따라서 나를 잘 다스려야
일상을 다스릴 수 있다
나라는 것이 일상과 일상이 모여
만들어지는 것이기 때문이다

당신은 오늘 무엇을 보고
무슨 소리를 듣고 무엇을 먹었는가

그리고 무슨 말을 하고
어떤 생각을 했으며 무엇을 하였는가

순간순간의 내가
나를 만들어 간다는 사실을 명심하자

2장

너와 나, 그 사이

먼저 손 내밀기

코로나로 인해 일상의 소중함과 주변 사람들에 대한 그리움이 컸던 시기를 어렵사리 지나왔다. 그런 요즘 평온해야 할 일상이 사람이 사람에게 '묻지마 폭력'과 살인을 휘두르며 급기야 서로가 서로를 믿지 못하고 의심하게 만들어 버리는 일련의 사건에서 느끼는 것들이 많다.

여기서 곰곰이 생각해 볼 것이 있다. 나는 과연 내 휴대전화에 저장된 사람 중 몇 명과 진정 사랑하는 마음으로 인연을 맺으며 살아가고 있을까? 아마 절반, 아니 열 명이 채 되지 않을 것이다. 이 말은 곧 나 또한 다른 사람들에게 사랑받기 쉽지 않다는 말이기도 하다.

반대로 미워하는 사람은 몇이나 될까? 미운 사람은 신기하게도 세상 곳곳에 널려 있고, 내 휴대전화 속에도 있듯이 미움을 받기도 상대적으로 쉽다는 것일지 모른다. 죄는 미워하되 사람은 미워하지 말라는 말처럼 어떤 증상을 앓고 있거나, 은둔하며 살고 있거나, 약물을 처방받는 사람들에게 도움을 주기 위한 사회적 방안과 건강한 사회인으로서 살아갈 수 있도록 사랑과 관심을 주었더라면 어땠을까 하는 심정이다.

나부터라도 누군가를 먼저 사랑해야 한다. 사랑받기를 기다리기만 해서는 세상의 사랑이 점점 더 고갈될 것이다. 세상 모든 이들을 다 사랑할 필요도 없다. 소박하게 내 주변의 한 사람으로 시작해서 조금씩 늘려 나가면 된다. 왜냐하면 사랑에는 전염성이 있기 때문이다.

서로를 사랑하면 할수록 행복은 커지고 세상은 더욱더 아름다워진다. 나라 사정과 경제 상황도 좋지 않고 여러모로 어렵고 힘든 시기이지만 그럴수록 자신을 되돌아보면서 누군가를 염려하고, 격려하고, 보듬어 줄 수 있는 따뜻한 사랑방 한 칸을 내어 주었으면 좋겠다.

마음으로 사랑하는 사람은

꿈에서도 사랑하고

마음으로 미워하는 사람은

꿈에서도 미워한다

그것은 내 안에

그러한 마음이 있기 때문에

그러한 꿈을 꾸는 것이다

그러니 마음과 꿈이

서로 인과관계를 맺는 것이다

꿈을 꾸게 되었으니

그것이 다시 훗날의 인연이 된다

결국 모든 것은 인연이 있으면

반드시 결과가 있다는 것이다

받는 선물 주는 선물

아침이면 나와 연락처를 주고받아 인연이 닿은 분 중 카카오톡 알림으로 생일을 맞으신 분을 확인한다. 생일 알림이 뜨면 나의 책을 선물로 보내 드리기도 한다. 커피나 케이크보다 책을 보내드리는 것이 더 의미 있게 느껴지기 때문이다. 사람들은 대게 선물 받는 것을 좋아하기 마련이다. 그렇지만 선물은 주는 사람의 의도와 마음의 상태에 따라 느낌이나 의미 또한 달라진다.

받는 입장에서는 선물을 받아서 고맙고 그 사람의 마음이 느껴져서 고마운 것이다. 반면 선물을 주는 사람의 마음은 확연하게 다르다. 그 선물을 받고 나를 알아주고 좋게 봐 주기를 바라는 마음이 있을 수도 있고, 소중하게 생각하기를 바라는 마음으로 주는 것일 수도 있다. 그러나 나는 순수한 마음으로 오직 유익한 그 선물을 받고 오늘만큼의 하루가 행복하기를 바라는 마음뿐이다.

반대로 선물을 받은 상대방에게 아주 고맙다면, 다시 보답하고 싶다면, 그 선물을 받고 기뻐하고 행복해하는 모습을 떠올려 보자. 기쁘고, 즐겁고 행복하지 아니한가?

당신은 오늘 어떤 선물을 할 것인가? 그것이 무엇이든 좋으니 진심 어린 마음만은 담겨 있어 받는 사람이 오늘 하루 행복할 수만 있다면 그걸로 족하다는 생각이다. 그런 나의 하루는 선물을 보내며 받는 사람이 행복해 하는 모습이 떠올라 하루하루가 행복하다. 아낌없이 주는 사랑의 마음은 사랑으로 물들고 채워져 결국 빛나는 사람이 될 것이다.

참 아름다운 세상이다

이 세상에서 만나는 사람들은

나에게는 참 소중하고 아름다운 존재다

때로는 외로워하기도 슬퍼하기도 하고

또 때로는 기뻐하기도 하는 존재의 별

희미하지만 살아 있기에 아름답게 반짝이는

조그만 별들은 아닐지 모르겠다

내가 만난 모든 인간과 사물은

나에게는 더없이 소중한 선물들이다

여행에서 만났던 숲과 바다와 노을

마주했던 풍경과 살아 있는 생명들

사람은 사랑에 의해 비로소

행복할 수 있는 존재가 아닐지 모르겠다

사사로움 없는 마음

　사랑하는 마음으로 보면 모든 것이 옳고, 미워하는 마음으로 보면 모든 것이 그르다. 모든 사물에 대해서도 선의의 눈을 가지고 바라보면 좋은 점만이 자꾸 발견되고, 미워하는 눈으로 살펴보면 단점만 드러난다. 세상의 어떤 사물에도 좋은 면만 있고 나쁜 면은 전혀 없거나, 나쁜 면만 있고 좋은 점은 하나도 없는 그런 것은 없다.

　세상의 옳고 그름을 논평하는 것도 공평 정대한 것도 어렵다. 논평하는 사람이 아무리 공정해지려고 마음먹어도, 자신도 모르는 사이에 한편으로 치우치기도 하기 때문이다. 더군다나 처음부터 선입관을 가지고 혹은 일부러 좋게, 또는 나쁘게 논평하려는 저의를 가지고 하는 논평이야 더 말할 여지가 없다. 그것은 또한 사랑하고 미워하는 마음에 따라 옳게도 그르게도 논평이 된다. 더구나 사랑하고 미워하는 마음도 항상 변하기 때문이다.

어제 좋았던 사람이 오늘은 미워지고, 어제 멀던 사람이 오늘 가까워지기도 하듯이. 때때로 어제 옳던 일이 오늘은 그르고, 어제 그르던 일이 오늘은 옳은 일로 둔갑하기도 한다. 이러하니 세상 사람의 시비를 누가 정할 수 있으며, 설사 정해진들 어떻게 믿을 수 있겠는가? 정의의 여신상이 눈가리개를 하고 칼과 저울을 들고 있는 이유도 바로 그것이다. 모든 것에 사사로운 마음이 없기를.

가득 찬 잔에는 아무것도 채울 수 없다

이미 자신의 것으로 가득 찬 잔은

자기 생각이나 관점이

마음을 가득 채우고 있어

다른 것이 들어올 공간이 없다

다름을 차단하고 온통 자기 것으로

마음을 채워 놓으니

다름을 인정하거나 받아들이기 어렵다

비어 있는 찻잔에 뜨거운 물을 붓고

찻잎이 우러나길 기다린 뒤

다양한 차 맛을 음미해 보면

다름을 인정하고 함께할 수 있게 된다

나 그리고 타인

누군가 '타인이란, 미처 만나지 못한 가족일 뿐이다'라고 했다. 그러니 오늘 만난 버스 기사님이 나의 삼촌일 수도 있고, 지나가는 학생이 나의 조카일 수도 있다. 신문 배달하는 청년이 내 동생일 수도 있고, 지나가는 노부부가 나의 부모일 수도 있다는 것이다.

그러므로 우리는 서로 이해하지 못할 일도 없고, 서로 용서하지 못할 일도 없는 것이다. 내가 사랑할 반쪽도 타인이고, 당신이 사랑하는 아내도 타인이었고, 당신의 지인이나 벗도 타인이며, 당신이 존경하는 스승도 타인이다. 타인은 남이 아니라 미처 만나지 못한 소중한 사람이다.

사랑받기 위해

태어난 존재인 사람이다

그런데 돈과 물질이

사람보다 더 사랑받는 세상이다

사람이 돈을 만들었지

돈이 사람을 만들었나

그로 인해 세상은

혼돈으로 달려가고 있네

돈이 먼저인가

사람이 먼저인가

귀 기울여 들으면

대화를 나눌 때는 자신의 의견을 분명하게 말할 줄 알아야 한다. 들을 때는 상대방의 말에 귀 기울일 줄 알아야 한다. 사람과 사람 사이의 건강한 신호이자 상호작용을 위해서는 상대방의 말에 귀를 기울이는 능력이 필요하다. 특히 가장 가까운 사이인 가족이나 부부와 친구 관계에서는 더욱더 중요하다.

가족 상담과 커플·부부 상담을 하면서 절대적으로 느끼는 것이 서로의 존중하에 분명하게 말하고, 주의 깊게 귀 기울여 듣는 것이다. 그냥 듣는 것과 경청하는 것에는 많은 차이가 있음을 유념해야 한다. 단순하게 소리를 듣는 것과 의미를 제대로 파악하지 못한 채 내뱉는 말을 들을 때가 그렇다. 누군가의 이야기를 주의 깊게 경청할 때는 단순히 소리 듣는 것을 넘어서 단어의 깊은 의미나 전하고자 하는 메시지의 의도, 말하는 사람이 내뿜는 에너지까지 이해할 수 있다.

귀 기울여 경청하게 되면 그 사람의 의견에 동조나 동의하지 않더라도 의미 있고 깊은 친밀한 관계를 이어 나갈 수도 있다. 과거 누군가와 나눈 힘들었던 대화를 떠올려 보면, 지금 내가 상대방을 이해하기 위해 상대방의 말을 성심껏 귀 기울여 경청하면서 진심으로 대화하려는 마음의 노력을 느낄 수 있고 알 수 있다.

한 번쯤 생각해 보자. 나는 과연 상대방의 말을 흘려듣거나 내가 할 말만을 내뱉는지, 정말 제대로 귀 기울여 경청하고 있는지를. 의식적으로 상대방을 이해해 보겠다는 마음으로 상대의 말을 경청해 보면 상대방에 대한 감정도 친화적으로 바뀌고 달라진다.

대화는 마음을 나누는 일이다

많은 사람과 많은 얘기를 나누어도

마음을 경청하지 않으면 텅 빈 독백이고

혼자서도 내면의 음성을 경청하면 속이 찬 대화다

경청하여 그 마음을 헤아리는

깊이를 느낄 수 있길 바라며

100년을 살아 보니

103세의 한 철학 교수가 말하기를. 100년을 살아 보니 내가 나를 위해서 한 일은 남는 게 없다는 결론을 얻었다고 한다. 그리하여 이웃과 더불어 사랑도 나누며 살고, 사회에 조금이라도 보탬이나 도움을 주기 위해 애쓰며, 정의가 무너진 사회에서 정의롭게 살려고 노력한 사람은 인생의 마지막에도 남는 게 있다고 말한다.

왜 사는가?

무엇을 위해 사는가?

무엇을 남길 것인가?

어떤 삶을 원하는가?

삶의 의미와 목적은?

자신만을 위한 삶만을 살거나 이웃과 주변에 무관심으로 세상이 어떻게 돌아가든 말든 '나만 잘 먹고 잘살면 돼'라는 말이 인생에 어떠한 의미와 가치도 없다는 걸 103세의 철학 교수가 먼저 깨달아 우리에게 던지는 화두가 아닐까 생각한다. 그리하여 사람들과 사랑하며 더불어 살라고, 나누고 베풀며 서로 도우며 살라고, 세상의 부조리와 정의에 목소리도 내라고, 좋은 일과 의미 있는 일을 하며 살라고 말해 주는 것 같다.

오늘도 우리는 후회한다

불과 어제 아니

조금 전에 생각하고

선택한 것에 대한

후회를 하고 있다

어쩌면 내일도 모레도 또다시

후회를 반복할지도 모르겠다

행동한 것에 대해

행동하지 않은 것에 대해

이러한 후회는

한평생 그림자처럼

우리를 졸졸 쫓아다니고

마음을 괴롭힌다

그런 나는 다른 누군가의 선택이 아닌

나 자신의 선택으로 이루어 온 내 인생을

온전히 받아들이기로 했다

나의 생에서 했던 모든 선택과 후회까지

온전히 껴안기로 했다

지금부터 다른 사람들이 기대했던 삶이 아닌

내가 원하는 삶을 살아야겠다

사랑하는 사람들과

더 많은 시간을 보내고

일에 너무 많은 시간과 열정을 쏟지 말고

소중한 친구들과 자주 연락하고 지내며

나의 행복에 초점을 맞추고

노력하며 살아야 후회하지 않을 테니

아낌없는 칭찬

대화를 나누면 나눌수록 타인의 단점에 주목하며 칭찬에도 인색하여 스트레스를 유발하는 사람이 있는가 하면, 대화를 나누면 나눌수록 기분이 좋아지는 사람이 있다. 타인의 장점을 주의 깊게 관찰하여 상대에게 아낌없이 전해 주는 사람이자, 타인의 장점을 잘 발견해 주는 사람 말이다.

이런 사람은 주위 사람을 기분 좋게 하는 매력이 있고, 함께 있으면 힘든 일도 공유하며 의지하게 되는 따뜻한 마음씨를 지닌 사람이자, 모두가 닮고 싶어 하는 인성이 남다른 사람이다. 그렇다면 칭찬은 대체 언제 어떻게 해야 하는 것일까? 칭찬, 그렇게까지 필요한 것인가?

질문에 대한 대답은 '그렇다'이다. 켄 블랜차드와 3명의 작가가 쓴 《칭찬은 고래도 춤추게 한다(조천제 역, 21세기북스, 2018)》라는 책이 많은 사람의 사랑을 받는 베스트셀러가 된 것 역시 칭찬이 꼭 필요하다는 걸 이야기하고 있다. 칭찬에 인색하다는 말은 칭찬을 안 해도 잘할 사람과 못할 사람이 정해져 있다는 추측에 중점을 두어서 그렇다.

칭찬은 많이 하면 할수록 늘어 어떠한 환경에서 어떤 타이밍에 해야 하는지 반복을 통한 익숙함이 필요하다. 상대방의 칭찬에 느낄 만족감과 당사자가 칭찬에 느낀 실제 만족감에는 차이가 있듯이 칭찬에 인색할 필요가 없는데도 억지로 스스로가 칭찬의 가치를 스스로 깎아내리고 있지는 않았는지 모르겠다.

칭찬의 영향력은 칭찬받는 상대방의 만족감을 상상해 보면 알 수 있다. 예를 들어 선물을 준비하는 마음과 선물을 받는 사람의 기쁨과 즐거움과 행복함까지 생각해 보면 칭찬은 당사자뿐만 아니라 주변 분위기까지 좋게 만들어 낸다.

또한, 기대하고 한 행동에 대한 피드백을 받을 때보다 의도하지 않은 행동에 대한 피드백에 더 큰 영향을 받는다. 별 뜻 없는 친절이나 스치듯 지나가는 칭찬같이 대가를 바라지 않는 행동에 대한 칭찬은 당사자에게도 더 큰 행복을 준다. 즉, 순수한 마음으로 자율성에 기반한 행동에 대한 칭찬이 가장 좋은 칭찬이라고 할 수 있다.

사랑받고 칭찬받을 자격을 의심하지 말고 내 안에 잠들어 있는 가능성을 깨우는 최고의 주문인 칭찬을 아낌없이 하고 살아야겠다. 어떤 이에겐 행복한 하루로 남을 수 있고, 행복한 한 해가 될 수도 있으며 행복한 삶이 될 수도 있을 테니. 오늘 하루도 고생한 소중한 누군가에게 따뜻한 칭찬 한마디 건네 보는 건 어떨까 싶다. 우리는 칭찬받을 만한 소중한 사람이기에.

사랑하니까 예뻐 보이는 것이지

예쁘니까 사랑하는 것이 아니다

내가 믿어 주니 상대방도 나를 믿는 것이지

나를 믿어 주니 내가 상대방을 믿는 것도 아니다

내가 친절하게 대하니 상대방도 나를 친절하게 대하는 것이지

상대방이 친절을 베풀어 내가 친절하게 대하는 것도 아니다

꽃이 피기에 봄이 오는 것이지

봄이 와서 꽃이 피는 것이 아니다

결국 모든 것은 내가 어떻게 하느냐에 달려 있듯이

지금 어떤 마음가짐으로 살아가느냐가 무엇보다 소중하다

있는 그대로

가족 간이나 부부 사이 또는 직장이나 모임 등 관계에서 오는 피해 의식은 지금까지 가졌던 것으로도 충분하다. 게다가 그런 생각으로 인해 고통받고 고생하는 사람은 당신만이 아니니 타인을 비난하지도 말아야 한다. 비난한다고 나아질 것은 아무것도 없다. 오히려 자신의 마음만 거칠어질 뿐이다. '나는 이만큼 애쓰고 노력하는데 당신은 왜 하지 않느냐'라고 불평해도 소용없다. 상대는 아무리 표현해도 모른다. 만약 알았다면 당신의 불평과 불만은 없었을 것이다.

사람들은 자신이 베푼 것은 아무리 작은 것이라도 항상 기억하지만, 타인의 친절이나 은혜는 금방 잊어버리곤 한다. 사람이 그런 존재다. 마찰은 이와 같은 차이를 이해하지 못하는 데서 발생한다. 오히려 답답한 사람은 혜택이나 은혜를 받은 사람이 아니라 베푼 사람이다. 베푼 것을 떠나 마음마저 거칠어지므로 이중으로 손해 보는 격이기 때문이다.

그렇다면 베푼 것을 잊어버리면 된다. 상대가 기억하지 못하므로 같이 잊어버리는 것이다. 마음대로 되지 않는 일을 마음대로 하려고 해서는 안 된다. 그렇게 하면 마음은 영원히 빈곤에 허덕일 수밖에 없다. 저 사람은 은혜를 모른다고 생각할지 모르지만, 은혜를 모르는 것은 그 사람만이 아니다. 그렇게 생각하는 당신도 알고 보면 마찬가지다.

자신이 과거에 베푼 것에 대해서는 깨끗하게 잊어버리는 게 좋다. 연말이면 얼굴 없는 천사가 큰 금액을 기부하고 우쭐대거나 뽐내지 않은 것처럼, 길고양이를 위해 매일 밥을 챙겨 주고 자랑하지 않는 사람처럼. 상대방이 당신의 은혜를 기억해 주리라는 헛된 욕심과 기대를 품지 않고 있는 그대로 받아들이는 그것이 피해 의식에서 벗어나는 가장 좋은 묘약이다. 마음이 그런데도 따뜻하고 행복하다면 그걸로 족하지 않을까?

사랑에 기반한 열정은

기복이 필연적이고

관심에 기반한 열정은

지속성을 유지하기 쉬워

더불어 오래도록

함께할 수 있도록 만들어 준다

따뜻하고 진실한 말 한마디

아무 생각 없이 내뱉는 말과 댓글로 인해 상대방에게 큰 상처를 주기도 하듯이 말 한마디가 사람을 살리기도 죽이기도 하는 세상이다. 말 그대로 우리가 사용하는 말은 밖으로 나옴과 동시에 절망과 좌절에 빠진 사람에게 빛이 될 수도, 심장을 찌르는 비수가 될 수도 있다.

안타깝게도 현실에서는 상처와 아픔을 주는 경우가 더 많다. 더욱이 가까운 사이일수록 더 거칠고 과격한 말을 많이 한다. 감정의 동물인 우리는 자신도 모르는 사이에 말로써 다른 사람을 죽이기도 하는 죄 많은 동물이다. 우리는 늘 다른 사람이 자신을 어떻게 생각하는지 의식하며 살아간다. 그래서 다른 사람의 말을 심장을 찌르는 비수로 받아들이기도 하는 것이다.

　나 역시 타인의 말 한마디에 괴로워했던 적이 한두 번이 아니다. 하지만 말을 내뱉기 전에 '내 말이 저 사람에게 상처를 주지 않을까' 신중하게 생각하고 고민하여 말하는 사람은 드물다. 숨 가쁘게 살아가는 세상에서 그만큼 여유로움과 너그러움을 가진 사람도 드물기 때문이다.

　그렇다면 내 곁의 가까운 가족이나 이웃, 자주 만나는 사람들에게만이라도 존중하는 말을 쓰도록 연습해 보면 어떨까? 말이란 말하는 사람의 됨됨이와 인간성을 나타내는 척도이기 때문에 본성이 그대로 드러나기 마련이다. 안 그래도 힘들고 버거운 세상 절망에 빠진 사람에게 희망과 방황하는 사람에게 용기를 주는 말을 쓰며 살자. 나의 말 한마디로 인해 힘을 얻고 성장하려는 마음을 갖도록 말이다.

　따뜻한 말을 듣고 자란 사람은 인생을 적극적으로 받아들이는 마음가짐을 가지게 된다. 진심에서 우러나온 말은 병원에 가지 않고도 사람의 마음을 치유해 주는 명약이다. 아울러 진실한 말은 언제나 실천을 떠나지 않는다고 실천이 없이 입가에서만 맴도는 말들은 언제나 진실을 배반한다. 그런 말들은 사람을 움직이는 힘이 없다. 그리고 그런 말들은 그 말의 뜻에 대한 경계심을 남긴다. 가슴에 내려와 앉지 못하고 부유하는 말들이다.

　우리는 지금 어떠한 말도 믿기 힘든 세상을 살아가고 있다. 입을 열어 무수히 많은 말들을 하지만, 진실이 살아 있는 그런 말들을 만나기가 쉬운 일이 아니다. 소위 사회를 움직인다는 그들의 말들도 역시 진실이 없기는 마찬가지다. 그들이 오늘 한 말은 내일이면 또 달라질 것임을 의심하지 않는 사람들은 이제 많지 않다. 너무 쉽게 거짓말을 하고 너무 쉽게 뱉은 말을 잃어버리는 우리의 삶에 과연 진실한 말은 있는 것일까?

　자신이 실천하지 못할 말은 하지 않는 것에 말의 힘이 있다. 아무런 의도나 아무런 가식 없이 말하는 그 마음은 투명해서 안과 밖의 구분이 없는 맑음이 그려 내는 따뜻하고 진실한 말의 세계는 눈부시게 아름답다. 입은 하나이고 열려 있는 시간보다 닫혀 있는 시간이 많은 이유를 알기에 입을 많이 여는 것 이상으로 닫아 두는 연습도 게을리하지 말아야겠다.

인생에는 되돌릴 수 없는

중요한 몇 가지가 있다

생각 없이 입 밖으로 내뱉은 말

섣부르게 저지른 행동

미루고 미루다 놓쳐 버린 기회

되돌릴 수 없는 지나간 시간

잃어버린 믿음과 신뢰

떠나가 버린 마음과 사람

좋은 사람이 되어 줄게

우리는 사람 때문에 웃고, 울고, 사랑하고, 미워하고, 배신하고, 용서하며 산다. 한편으론 그런 사람을 그리워하고, 잊으려 애쓰며 산다. 돌아보면 우리가 걸었던 길목마다 사람이 있었고 때때로 사람을 두려워한 적도 있기 마련이다.

그럴 때면 차라리 아무도 없는 곳에서 살고 싶단 생각이 들 때도 있다. 나를 둘러싼 사람들이 모두 내 혹이고, 짐처럼 느껴질 때도 있다. 세상에서 가장 힘든 일이 인간관계라는 말에 고개를 끄덕이게 된다. '타인은 지옥'이라는 어느 철학자의 말에 크게 공감할 때도 있다.

과연 나 혼자서 살아가는 일이 단 하루라도 가능할까를 생각해 본다. 배의 돛은 마음대로 조종할 수 있지만 바람을 조정

할 수는 없다. 다만 어떤 인생의 바람을 만나더라도 마음의 돛을 희망 쪽으로 바꾸는 일은 순전히 내 몫이다. 믿었던 사람이 내게 등을 돌리는구나 싶은 순간이 올 때면 가능한 세상에 나와 함께 살고 있는 좋은 사람을 찾아보고 떠올려 보거나 만나보는 게 좋다.

세상이 삭막하고 각박해졌다고 말하지만, 주위를 둘러보면 정말 따뜻하고 좋은 사람들이 참 많다. 서로에게 힘이 되어 주는 그런 우리가 되었으면 좋겠다.

인생의 참된 의미는

더욱 좋은 사람이

되어 간다는 것이지 않을까 싶다

끊임없이 보다 좋은 사람이

되어 간다는 것은

자신의 노력으로만 가능하다

노력 없이는 아무 일도 아무것도

할 수 없다는 것을 명확하게 이해해야 한다

자기 자신을 위해

의식적으로 노력하지 않으면 안 된다

좋은 사람 그리고 더욱 좋은 사람은

그냥 만들어지고 얻어지는 것이 아니다

관계의 무게

요즘은 맞지 않는 짝과 억지로 살거나 무조건 참고 살기보다는 개인의 행복한 삶을 찾는 것이 중요해진 요즘이다. 이혼이 더는 책잡히는 일이 되지 않는 세상에서 맞지 않는 짝과 힘들게 사느니 재혼하는 것 역시 크게 문제되지 않는 세상이 되었다. 무조건 참고 살고, 가족 유지를 위해 희생하고 인내하기보다 개인의 행복한 삶을 찾는 것이 더욱더 중요하다고 생각한 시대가 온 것이다.

억지로 힘들게 사는 모습보다는 독립적인 성인으로서 당차게 잘살아 가는 모습을 보이는 것이 더 낫다는 인식이 작용하는 것 같다. 부부간에 끊임없이 문제가 발생하는 이유는 이해의 충돌로 인해 여러 가지가 서로 맞지 않아서인 경우가 많다.

그렇지만 지금은 시대와 맞물려 예전처럼 억지로 참으며 잘 살려고 애쓰기보다 일찍 단호하게 끊고 서로에게 잘 맞는 짝을 찾아 나서는 일이 오히려 행복하게 살 수 있는 길일 수도 있게 되었다.

하지만 그전에 서로는 끊임없이 나와 잘 맞는지, 그렇지 않은지 재고 따지는 일을 은연중에 계속해 왔을 것이다. 그래서 처음부터 어떤 상대에게 쉽게 확 빠져드는 일을 경계해야 한다. 어떤 사람일지 모르다 보니 의심과 불신이 늘 인간관계에 개입하게 되는 것이다. 비단 부부 사이뿐만이 아니라 어떤 관계든 한번 관계가 맺어지고 나면 어느 정도는 그 관계를 유지하기 위해서 애쓰게 마련이다. 요즘은 SNS를 통한 소통도 많아진 세상이라, 그 관계라는 것은 실제로 대면하는 관계에만 이르지 않는다.

온라인상에서 글과 이미지, 게시글과 댓글로만 소통하는 관계도 매우 중요한 인간관계가 되어 있다. 그런 온라인상의 관계에서는 맺고 끊는 것이 버튼 하나로 클릭하는 것으로 쉽게 이루어지니 그 결정을 단호하게 실행하기에 편하기는 하다. 또한 내 글에 적극적으로 반응을 보이고 소통하고, 취향과 의견과 목적을 함께하는 이들과 어울리는 데 더 주력한다. 그리고 이제 비로소 마음의 평안을 찾았다고 생각하고, 그게 옳은

길이라고 생각하기도 한다.

반면 악플에 괴로워하고, 상처받아 아파하며 우울증 등의 병에 걸리거나 심한 경우 좋지 않은 선택을 하는 경우도 종종 발생하는 양면을 지니고 있다. 인연은 내가 있음으로써 발생하는 것이기에 자기중심이 오롯이 건강하지 않으면 작은 것에도 흔들리기 쉽다.

그러므로 그 어떤 인연이라도 가볍게, 쉽게 생각하거나 판단해서는 안 된다. 고로 인연의 관계는 깨끗한 마음과 진실된 마음으로 신중하고, 소중하고, 진중하게 다가가고 대해야 한다. 겉과 속을 모르는 인연의 관계는 쉽고 가벼운 것이 아닌, 무겁고 묵직한 것이다.

삶이란

인간관계라는 틀 속에서

엮어 가는 이야기다

좋은 사람들만 있을 수도 없고

나쁜 사람들만 있을 수도 없다

굴곡지고 다사다난한

인생이라는 이야기는

혼자서는 써 내려갈 수 없다

내가 만났던 사람과

앞으로 내 인생에 등장하는

다양한 등장인물들과 같이

희극이든 비극이든

드라마틱한 이야기를

함께 만들어 가는 것이다

나누고 베푸는 삶

빌 게이츠는 1975년 마이크로소프트사를 설립하여 지금까지 개인용 컴퓨터의 운영체제에 혁신을 일으키며 말로 형용할 수 없는 부를 이루었다. 그런 그는 가진 부를 쉼 없이 나누어 주며 보통 사람으로는 꿈도 꿀 수 없는 천문학적인 돈을 재단 설립과 함께 고통받는 이들에게 나눠 주었다. 그리고 자신의 생에, 마지막에는 모든 돈을 사회에 환원하겠다고 하며 '더 많이 기부함으로써, 사람들이 직면한 고통을 완화하고 모든 사람이 건강하고 생산적인 삶을 살 수 있도록 돕겠다는 재단의 비전을 실현하는 데 도움이 되길 바란다'고 했다.

한편 1989년에는 과학자들이 정보 체계를 쉽게 공유할 수 있는 수단을 개발하자고 제안하며 'www'를 만들어 냈다. 월드

와이드웹(www) 발명자인 버너스리 박사는 건망증이 생길 정도로 연구에 몰두하며 프로그램을 개발하게 되었다. 이후 주위에서 너무나 획기적인 발명이기에 특허를 출원하라고 했지만, 1991년 주위의 권고를 물리치고 이를 무료로 공개했다. 그는 기술은 사람들이 공유해야 한다는 자신만의 철학을 갖고 있었으며 실천했다. 그런 그에게 핀란드 정부는 밀레니엄 기술상과 상금으로 백만 유로를 안겨 주었으며, 위대한 정신의 소유자라는 칭호를 받게 된다.

아주 적은 금액을 10년 넘게 꾸준히 후원하는 사람이 있다. 연말이면 얼굴 없는 천사로 기부하는 사람도 있으며, 평생을 구두쇠처럼 모아 사회에 환원하는 사람도 있다. 시간만 되면 장애 시설과 불우 시설에 달려가 봉사하는 사람도 있듯이 어떤 방식이든 봉사와 나눔은 싸늘하고 냉혹한 사회를 살맛 나게 한다. 우리는 이 세상에 나누기 위해 태어났다.

나누는 삶은

세상에서 가장 맑은 마음의 길을 따라

사는 것을 의미한다.

그 길은 욕심이 없는 기쁨이 되는 길이다.

그래서 맑은 마음의 길을 따라 사는 사람 곁에서는

맑은 삶의 향기를 맡을 수 있다.

그러나 자신의 가장 맑고 소박한 마음이 지시하는

그 길을 벗어나 살 때 삶에는 방황과 혼돈이 온다.

사람들이 나누는 마음의 길을 따라 살지 못하는 것은

명예와 권력에 대한 추구와

좀 더 안락하고 싶은 욕망 때문인지도 모른다.

자신을 지켜주는 것은

결국 명예나 부나 지위에 있는 것이 아니다.

그 모든 것들은 언제나 사라져 버릴 수 있는 것이다.

눈을 뜨고 일어나면 하루아침에

사라져 버릴 수도 있는 그것들을

믿고 살아가는 우리 삶의 모습은 불안하기만 하다.

그것들은 곁에 있지만 결국은 곁에 없는 것이기도 하다.

이 세상에 나누며 사는 사람의 모습보다

아름다운 것은 없을 것이다.

그 나눔은 사랑하는 마음에서 온다.

잘 나누며 사는 사람이 가장 잘 지키는 사람이기도 하다.

나누는 마음의 길을 걸어가는 사람은

자신을 지키는 방법을 알고

사랑하는 마음으로 행복하게 살아가는 사람이다.

함께 또 같이

오래되고 방음에 취약한 아파트에 거주하는 아기 엄마의 이야기다.

태어난 지 한 달도 안 된 아기 '복숭이'(태명)를 키우는 엄마는 자신의 아기가 아픈 곳 없이 잘 먹고 잠도 잘 자지만, 밤낮 없이 울어 대기 일쑤라 걱정이 많았다고 한다. 이 아파트는 오래된 탓에 방음이 좋지 않아 평소에도 옆집 소리가 다 들렸다. 아기 엄마는 아기가 울 때마다 이웃집에서 밤잠을 설치면 어쩌나 하는 고민에 늘 마음이 편치 않았다고 한다. 결국 아기 엄마는 고민 끝에 이웃들에게 편지와 함께 작은 선물을 전했다. 편지에는 '안녕하세요. 옆집이에요. 신생아가 밤낮이 바뀌어서 밤마다 울어요. 저녁마다 시끄럽게 해서 죄송합니다. 조금만

참아 주시면 금방 키울게요'라고 적었다.

그런데 더욱 놀라운 일이 벌어졌다. 이후 아기 엄마의 집 앞에는 선물과 함께 답장이 왔다. 먼저 윗집 이웃은 '반갑습니다. 지금 아기 울음소리는 반가운 소리입니다. 저는 괜찮습니다'라며 선물을 돌려 드리는 게 경우는 아닌 줄 알지만 다른 사람을 위해 쓰는 게 좋겠다고 덧붙였다. 이어 윗집 이웃은 '다시 한번 신경 안 쓰셔도 됩니다. 저도 아기한테 방해 안 되게 좀 더 조심하겠습니다'라며 얘기해 줘서 고맙다고 재차 강조했다.

또한 옆집에서는 아기 내복을 선물해 주었고, 아랫집 이웃은 직접 찾아와 아기를 위해 기도해 주겠다며 이름을 알아 가기도 했다. 이번 일을 계기로 이웃들과 더 가까워졌다는 아기 엄마는, 자신은 집에만 있기에 이웃 주민을 마주칠 일이 적지만, 남편을 마주칠 때마다 아기가 잘 크고 있냐며 안부를 물어 주었다고 했다.

흉흉하고 상식 밖의 일들이 자주 일어나곤 하지만, 그럼에도 아직 따뜻한 분들이 많은 것 같다며 함께 주변을 살피고 이웃과 다정한 정을 많이 나누면 좋겠다고 이야기했다. 이웃들의 따뜻한 정과 정겨움을 느낄 수 있는 아름답고 감동적인 이야기에 이런 게 사람 사는 맛이지 싶다.

사랑은 그런 것 같습니다

상대가 기뻐하며 즐거워하는

행복을 보고 느끼며

더불어 나도 행복해지는 것이라고

나는 당신에게로

당신은 누군가에게로

다시, 마음으로 누군가에게 전이되는 것

그런 당신 덕분에

행복해지는 것이라고

3장

우리라는 이름으로

두 가지 행진곡 속 비밀

결혼식 때 결혼식의 주인공인 신부가 등장하는 순간 나오는 음악과 결혼식이 끝나고 신혼부부가 퇴장할 때의 곡이 있다. 바그너의 결혼 행진곡과 멘델스존의 축혼 행진곡은 살면서 누구나 한 번 이상은 들어 봤을 곡이다. 그런 결혼 행진곡과 축혼 행진곡의 작곡가는 19세기에 함께 활동했으나 원수와도 같은 사이였다.

유대계 상위 1% 집안 출신의 멘델스존과 반유대주의에 심취했던 바그너는 당대에도 물과 기름 같은 사이였지만, 정작 한 쌍의 남녀가 새로운 출발을 선언하는 자리에선 그들의 음악이 각각 처음과 끝을 장식하며 공존하고 있으니 참 아이러니하다. 더 아이러니한 건 이 곡이 처음 쓰인 오페라 〈로엔그린〉은

비극적인 결말로 끝난다는 것이다. 결혼은 인생의 무덤이라는 말처럼.

그 당시의 시대적, 역사적, 문화적, 종교적인 배경에서 나온 원수들의 곡이지만, 지금 결혼하는 당사자도 제각각 살아온 문화적 배경과 가정환경, 종교와 이념 등 전혀 다른 삶을 살아왔다. 그런 두 사람이 사랑이라는 큰 틀에서 이해와 배려의 마음으로 서로를 존중하며 살아가길 원하는 깊은 의미와 뜻이 담겨 있는 것은 아닐까 생각한다. 모든 것을 감안하고 당신이 선택한 사람과 서로 배려하며, 존중의 마음으로 살아가는 것이 결혼이다.

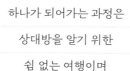

하나가 되어가는 과정은

상대방을 알기 위한

쉼 없는 여행이며

상대방을 이해하기 위해서는

자기 내면을 살펴보아야 하는

끝없는 길을 겪어야 한다

이해하려고 결단해야

비로소 이해할 수 있다

하나가 되어 가는 과정이 그렇다.

여전한 행복

행복감은 행복하기 위해 끊임없이 노력해야 오래도록 함께 할 수 있다. 어느 통계에 따르면 행복감은 결혼하고 나서 2년 뒤에 결혼 전의 그 자리로 돌아오고, 복권에 당첨된 사람들의 행복감은 1년이었다고 한다. 그러나 또 어떤 이는 8년이 지나도 행복감이 유지되기도 하는 것을 보면, 사람마다 저마다의 노력이나 상황에 따라 달라지는 게 아닌가 싶다.

행복감이 오래 지속되는 경우 자세히 들여다보면 그들은 행복을 그저 당연한 것으로 받아들이지 않은 사람들이었다. 결혼하면 그것으로 다 이루었다고 생각한 사람들은 행복감이 점차 떨어지지만 결혼 이후에도 관계를 더 잘 만들어 가려고 노력한 사람들은 행복감이 줄어들지 않는다. 서로가 지속해서 사랑을 표현하고, 낭만적인 여행을 계획하고, 함께 취미를 나누며, 상대의 감정을 읽으려고 노력하는 부부, 다른 어떤 일보다 서로에게 우선 주목해 주는 부부는 시간이 지나도 사랑은 물론 행복감도 높게 유지된다. 인간이란 행복에도, 그저 그런 삶에도 다 적응하며 산다. 아무리 좋은 일이라도 그 상태가 지속된다면 계속 행복을 느끼긴 어렵다. 때로는 아프기도, 슬프기도, 외롭기도, 화나기도 한 것이 삶이기 때문이다.

그런 가운데 내게 주어진 행복을 당연하다고 여기지 않는 태도에 행복이 있다. 행복을 느낀 순간이 소중하다면, 그 소중함이 거저 주어진 게 아니라 행복해지려는 노력에서 온 것임을 알고 계속 노력할 때 행복은 내게 계속 머물 수 있다. 당신의 행복이 늘 그렇게 앞으로도 여전하기를.

과거와 미래에 사로잡혀 있으면

어제와 내일로 가득 찬 마음에

오늘이 비집고 들어갈 틈이 없다

오늘 하루가 행복한 기억으로 남으려면

마음을 비워 기쁨의 자리와 생각의 자리를

만들어 주어야 한다

그래야만 오늘의 행복을 느낄 수 있다

지나간 시간 때문에 속상해하지도 말고

오지 않은 미래를 걱정하지 말자

행복은 지금 내 곁에 있다

함께라는 마음가짐

　누군가를 정말 사랑한다는 것은 평생 그 사람을 등에 업고 사는 것과 같음이라 했던가. 시간이 흐르면 땀범벅에 등은 묵직이 아파지고 허리는 끊어질 듯해도 그 사람을 결코 내려놓지 않겠다는 오직 그 한마음이 사랑일 것이다. 손잡고 팔짱을 끼며 걷는 즐거운 시간은 짧기만 하다. 그렇지만 사랑해서 부부의 연을 맺으면 오랜 날들을 그렇게 한 사람의 무게를 고스란히 짊어지고 감당하면서 살아가야 하는 것이 아니던가.

　지금 사랑해서 당신 곁에 잠들어 있는 오직 한 사람을 살펴보자. 매일을 분주하게, 정신없이 살고 있는 와중에 나와 삶의 희로애락을 함께해 온 그 사람. 그간의 역정을 잘 헤치며 지내고 살아온 시간만큼 세월의 흔적을 확인하고, 아픈 곳은 없는지, 나로 인해 힘겨웠을 그 사람의 변한 얼굴도 어루만져 보며 지긋이 손잡고 마음속으로 읊어 보자.

당신으로 인해 행복한 나이지만 당신은 어떠한지 모르고 사는 못나고 살갑지 못한 나이지만 앞으로는 그 놓치며 잊고 지냈던 잘해 주지 못했던 지난날의 마음고생으로부터 그 이상을 지금부터라도 온 마음을 다해 당신을 행복하게 해 주겠노라고. 그리고 정말 고맙고 사랑한다고.

그 마음속으로 읊었던 진실한 마음은 잠들어 있는 그 사람의 마음속으로 스며들 것이며, 오늘보다 조금 더 행복한 삶으로 전이되리라 확신한다. 부부는 몸은 따로지만, 나를 희생하고 그를 아껴 주는 마음만큼은 하나여야 한다. 당신이 있기에 내가 있음을 아는 부부이길 바라며.

우리의 몸은

세월 속 시간의 흐름에 따라 늙어 가지만

사랑은 시간을 거슬러 더욱 아름다워질 수 있듯이

진정한 사랑은 늙지 않는다

시간이 아무리 흘러도

언제나 이른 아침 이슬을 머금은 꽃처럼

신선하고 아름답다

세상에서 가장 큰 행복이 있다면

사랑하는 사람과 함께

늙어 가는 것이지 않을까

건강하고 행복한 가정

건강한 가정을 이루기 위해서는 무엇보다 부부의 사랑이 우선되어야 한다. 부부가 서로 사랑할 때 양가 부모를 공경하게 되고, 자녀를 사랑으로 돌볼 여유도 생기기 마련이다. 그렇다면 부부 사랑을 이루는 열쇠는 무엇일까?

그것은 바로 남편과 아내가 서로의 약점을 상호 보완해 주는 것에서 시작한다. 남자는 자신을 칭찬해 주는 사람을 위해 한평생을 바칠 각오가 되어 있을 만큼 칭찬에 목말라 하는데 남편에 대한 아내의 칭찬은 남편의 신바람으로 이어진다.

여자의 마음은 롤러코스터처럼 자주 오르내리곤 한다. 아내의 마음이 가라앉을 때는 이야기를 들어주면서 위로와 격려를 해 준다면 가정은 아내의 웃음으로 더욱 밝아진다.

그리고 마지막 부부 사랑의 열쇠가 한 가지 더 있다. 그것은 자존심을 접는 것이다. 설령 부부 싸움을 해서 서로가 미덥지 않고 화가 나더라도 고운 말을 써야 한다. 인정과 존중 위에서 고마워, 미안해, 사랑해, 고생했어, 당신뿐이야 이러한 말들이 당신의 가정에 축복의 씨앗이 될 것이다.

부부는 한 몸이라는 말이 있다. 부족한 부분은 채워 주고, 넘치는 것은 나눠 갖고, 힘들면 서로 기대고, 기쁘면 같이 웃어 주고, 그렇게 살아가는 것이다. 그래서 불편한 점 몇 가지는 아무것도 아니다. 부부는 그렇게 서로의 반쪽이 되어 주면서 평생을 함께 걸어간다. 행복한 결혼 생활에서 중요한 것은 '서로 얼마나 잘 맞는가'보다 '다른 점을 어떻게 슬기롭고 지혜롭게 맞춰 가며 극복해 나가는가'에 달려 있다. 사람을 다시 태어나게 만드는 것은 오직 사랑뿐이다.

때로는 어른에게도 사랑의 처방이 필요하다

신체적 질병이 불안이나 고독과 외로움 같은

심리적인 질병에서 시작되기도 하기 때문이다

사람은 무엇으로 사는가에서 톨스토이가

결국 사람은 사랑으로 산다고 말했듯이

사랑은 최고의 약이다

사랑보다 더 좋은 약은 없다

삶을 이끄는 것은 꿈과 희망과 목표지만

그것을 지탱하는 것은 사랑이다

아껴 주고 위해 주고 더 많이 사랑하는 것 외에

다른 사랑의 치료 약은 세상에 없다

사랑이 보약이고 명약이다

서로 닮아 가는 것

'부부는 닮아 간다'는 말이 있듯이, 가족 또한 서로가 알게 모르게 닮아 가는 부분이 많다. 자신이 좋아하거나 존경하는 사람의 태도와 가치관 등을 자신의 것으로 받아들여 가는 과정을 말한다. 자신도 모르게 그 사람의 말투와 행동과 사고방식과 습관 등을 닮아 가게 되는 것이다. 그러나 닮아 가는 모습에도 닮지 말아야 할 나쁘고 몹쓸 것들도 닮아 가기에 좋지만은 않은 경우도 있다.

아이들은 어른들이 말하는 것을 보며 배우고 따르는 것이 아니라 행동하는 것을 보며 따라 하고 동일시하며 자연스럽게 배우는 것이다. 그렇기에 부모는 아이들에게 본보기가 되어 주어야 한다. 우선 부모 자신이 행복해지려고 노력해야 한다.

부모가 행복한 것도, 행복해지려고 노력하는 모습도 아이가 따라 할 테니. 부모가 스트레스 푸는 방법도 아이가 따라 해도 되는지를 고민해야 한다.

또한 부모가 힘든 상황이나 하고자 하는 일에서 좌절을 경험할 때 어떻게 행동하고, 생각해야 하는지가 고민될 때 아이가 나처럼 행동한다고 생각하면 어떨지도 한 번쯤 고민해 보아야 한다. 견디기 힘든 버거운 상황에 부닥친다면, 어떻게 생각하고, 버텨 내는지를 아이에게 보여 준다는 마음가짐을 가져야 한다.

아이들과의 관계는 관계 회복에서 시작해야 한다. 아이들은 타인이 어떻게 생각하는지, 어떤 것이 옳고 그른 것인지에 따라 행동하는 것이 아니고, 본능적으로 진심으로 자신에게 잘 대해 주는 사람을 따른다. 부모가 편안한 가운데 언행일치와 솔선수범하는 모습을 보며 아이들은 자연스럽게 그 모습을 닮아 간다. 아이들의 모습이 곧 부모의 모습인 것이다.

나의 허물을 사랑으로 감싸 주는

단 한 사람이라도 있다면

그 삶은 희망과 가능성으로 가득할 테니

나 또한 그런 사람이 되어야지

새로운 시작 속 다짐

청첩장에는 보통 이러한 문구가 적혀 있다. 조금은 다르기도 하지만, 대부분 비슷한 내용을 담고 있다.

평생을 같이하고 싶은 사람을 만났습니다.
서로 아껴 주고 이해하며, 사랑을 베풀며 살고 싶습니다.
저희 약속 위에 따뜻한 격려로 축복해 주셔서 힘찬 출발의
디딤이 되어 주십시오.

평생을 같이하고 싶은, 서로 아껴 주고, 이해하며, 사랑을
베풀며 살고자 한다는 말을 지키며 사는 사람은 얼마나 될까?
두 사람을 위해 많은 하객을 모신 자리에서 가까이는 가족과

친인척, 친구와 동료 등이 지켜보는 앞에서 선서와 언약식도 했다. 많은 사람 앞에서 약속과 다짐을 했다는 뜻이다.

결혼이란 남녀가 정식으로 인연이 되었음을 말한다. 그 어떤 고단하고 험난한 무엇이 오더라도, 힘들고 고통스럽더라도 지혜와 슬기로움과 현명함 속에서 서로가 많은 사람 앞에서 한 약속과 다짐은 지키기로 맹세했음을 결혼 당사자는 한순간도 잊지 말아야 한다. 서로에게 반지를 끼운 그 순간부터 죽는 날까지 지루하지 않은 긴 대화를 나누며 평생 서로 의지하고 사랑하며 살아가는 부부였으면 하는 마음이다. 결혼은 연애의 끝이 아닌, 또 다른 기나긴 연애의 시작이다.

누군가의 마음에

사랑의 꽃씨를 뿌리면

사랑의 꽃으로 피어납니다

나 아닌 타인을 대하는 마음이

사랑의 꽃씨를 뿌리는 마음이면

당신의 주변은 아름다운 꽃밭이 됩니다

성격 차이

'성격 차이로 이혼했습니다', 부부 상담에서 가장 많은 상담 사유가 성격 차이다. 성격은 개인을 특징짓는 한 개인의 생각과 판단 그리고 감정 반응의 지속적이며 일관된 행동 양식이다. 어떠한 주어진 상황에서 그가 어떠한 행동을 할 것인가를 예상케 하는 것이다. 성격이란 사회에서의 개인의 역할 및 상태가 다른 사람에게 어떤 자극을 주고 어떻게 평가되느냐의 사회적 효과로 나타나는 것이다.

인간의 성격은 사회적, 관계적 동물로서 다른 사람과 밀접한 관계를 통해 삶의 다양한 영역에서 일관되게 나타난다. 예를 들면 가족관계, 연인과 부부 사이, 직장과 학교생활과 친구관계, 종교나 모임 등에서 나타나듯 사람마다 성격이 다르고 차이가 있는 것이다. 결국 혼자 사는 사람에게는 성격이란 생각할 수 없는 것이다.

성격은 가정의 분위기와 문화, 종교와 교육 수준, 습관과 환경 등 여러 가지 요소로 인해 변하고 바뀌기도 하지만, 20대에 대부분 완성된다고 한다. 그렇기에 변화무쌍한 세상에서 나와 성격이 똑같이 사람이 있을 리 만무하다. 사람은 얼굴 모양도 다르듯 제각각 성격도 다름을 인지하고 가야 한다. 만약 성격 차이로 이혼을 생각하고 있다면 자신의 상대방에 대한 사랑이 식은 것은 아닌지, 내가 편하려고, 내 식대로 사는 게 좋아서, 지기 싫고 끌려다니기 싫어서 같은 이기적인 욕심의 마음으로 생각이 변한 것은 아닌지를 물어보자.

이해하려 들면 이해 못할 것도 없고, 맞추려 들면 맞추지 못할 것이 없으며, 성격 차이가 있더라도 극복하지 못할 것이 없다. 크고 작은 다툼이 있는 것은 당연하지만, 옳고 그름을 따지는 것은 어리석은 짓이다. 그러므로 서로가 다르고 차이가 있음을 인정하고 가야 한다. 결혼의 핵심 가치인 함께 행복하게 사는 것을 명심해서 서로가 옳다는 생각을 버리고, 거친 말과 행동을 주의하고, 배우자를 가르치고 고치려고 하지 않아야 한다.

결혼 생활은 나를 위해 사는 것이 아닌, 배우자와 가족을 위해 살겠다는 굳은 결심과 행동의 실천이다. 성격 차이를 극복하기 위해서는 상대에게 너그러움과 친절함을 베풀어야 하고, 내가 틀렸고 상대방이 옳다고 반대로 생각하면 실마리가 풀리고 성격 차이도 좁혀지고 사랑만이 남게 된다. 부부의 인연을 맺어 평생을 같이 즐겁게 지낸다는 백년해로 하라는 말에는 부단한 이해와 노력과 헌신의 마음으로 배우자를 대하고 아끼고, 위해 주고, 사랑하며 함께 즐겁게 살라는 뜻이 담겨 있다.

• 사랑의 한 수 •

사랑한다고 생각하는 것과

사랑하는 법을 아는 것은 다르다

사랑한다면

사랑하는 법을 알아야 한다

사랑한다고 생각하며

사랑 아닌 다른 일을 한다면

그것은 사랑이 아니다

누군가를 사랑한다면

사랑하는 법을 알아야 한다

정녕 누군가를 사랑한다는 것은

그가 사랑 안에서 행복하게

살게끔 하는 것이다

평생을 함께할 사람

나는 이 사람과 평생을 함께할 수 있을까? 결혼을 앞둔 사람이라면 한 번쯤은 생각해 보게 되는 질문이다. 이 질문에 대한 대답으로 미래의 모습을 예측할 수 있는 '이혼 방정식'이 있다. 미국 워싱턴대학의 존 고트먼 교수는 35년간 3천 쌍이 넘는 부부를 대상으로 그들의 대화 내용, 표정, 말투를 분석하여 이혼 방정식을 수립했다. 그 결과, 이혼을 하게 되는 결정적인 감정 표현을 알아내는데, 그건 바로 상대를 향한 경멸과 냉소였다.

화를 내는 것보다 어처구니없다는 표정, 무시하는 말투가 결혼 생활에 더 위험하다. 여기서 우리는 스스로 질문을 던져 볼 필요가 있다.

나는 배우자를 사랑하는가?

나는 배우자를 존중하는가?

나는 어떤 방식으로 그 사람과 대화하고 말다툼하고 있는가?

당신의 감정은 지금 어떠한가?

부부란 서로를 위하는 마음으로 살아야 한다.

사랑은 현재가 중요하다

과거의 사랑이 아무리

아팠고 슬펐고 괴로웠던 상처만 남겼어도

가슴 뜨겁게 사랑스러웠고 아름다웠다고 해도

그것은 이미 지나간 일일 뿐

미래의 사랑도 과거의 사랑과

별반 다를 게 없다

한 치 앞을 알 수 없는

우리의 삶이기에

과거의 사랑에 연연하고

미래의 사랑에 목숨을 걸 수 있을까?

사랑은 지금이 중요하다

지금 하는 사랑에

뜨겁게 정성을 다하기를

사랑하면 닮는다

사랑하면 닮는다
부부끼리 닮은 점이 많다

이런 이야기 들어 본 적 있을 것이다. 부부는 그만큼 서로가 사랑하기에 서로서로 닮아 갈 수 있는 것 같다. 자신도 모르는 사이 상대방의 말과 행동을 닮아 가는 것이다. 상대가 웃는 것에 나도 함께 웃고 내가 눈물을 흘리는 것에 상대방도 함께 흘리는 것, 이것이 '싱크로니 현상'이다.

단순히 오랜 시간 같이 있어 닮아 가는 것이 아니다. 좋아하지 않는 사람과는 아무리 오랜 시간을 함께해도 싱크로니 현상은 일어나지 않는다. 오히려 초면임에도 말이 잘 통한다면 표정이나 행동에서 싱크로니 현상이 나타난다. 이 싱크로니 현상에는 가역성이 있기 때문에 쉽게 상대방의 말투나 행동을 따라해서 친밀감을 느끼려는 것이다. 한마디로 저 자신도 모르게 상대와 친해지기 위해 닮아 가고 있다는 뜻이다.

단순히 말투나 행동뿐만이 아니라 복장, 취미, 음식 취향까지 정말로 사랑하기 때문에 닮아 가는 것이다. 내 것을 닮아 주었으면 하는 게 아닌 내가 당신이 되고 싶은 것이다. 지금 당신은 누구를 닮아 가고 있을까?

내가 바라보는 풍경을

당신도 바라보았고

내가 있는 풍경 속에는

당신이 있었다

그래서 '우리'라고

불리는 것이 어쩌면

당연한 것인지도 모르겠다

결혼의 진리

결혼 8년 차인 부부가 이혼 위기에 처했다. 아무리 생각해도 딱히 큰 이유는 없는 거 같은데 아내 입에서 이혼하자는 이야기가 나왔다. 회사생활과 여러 집안일로 지쳐 있던 남편도 그러자고 했다. 부부는 순식간에 각방을 쓰고 말도 안 하기 시작했다. 결국, 대화가 없으니 서로에 대한 불신은 갈수록 커져만 갔다.

사소한 일에도 서로가 밉게만 보이기 시작했고, 암묵적으로 이혼의 타이밍만 잡고 있었다. 몇 달 후, 남편은 퇴근길에 과일 파는 아주머니를 만났다. 오늘은 귤이 너무 달고 맛있다며 꼭 사서 가라는 부탁에 할 수 없이 사서 집으로 갔다. 귤을 주방 탁자에 올려놓고 욕실로 들어가 샤워하고 나왔는데, 아내가 가

만히 귤을 까먹고 있었다. 귤이 참 맛있다고 말하며 몇 개를 까
먹더니 방으로 쓱 들어갔다.

남편은 순간 당황했지만 이내 미안한 마음이 들었다. 결혼
전부터 귤을 참 좋아하던 아내인데 결혼 생활 8년 동안 귤을
사다 준 적이 한 번도 없었음을 깨달았기 때문이다. 그와 동시
에 아내와 연애 시절, 귤 파는 곳이 보이면 사서 가방에 담고
하나씩 사이좋게 까먹던 기억이 떠올랐다. 남편은 순간 울컥
하여 방으로 들어가 한참을 울었다. 그리고 결혼 후에 아내가
좋아하는 것에 대해 전혀 신경을 쓰지 않았다는 것을 깨닫게
되었다. 아이 문제와 살기 바쁘다는 이유로 말이다.

반면 아내는 남편을 위해 철마다 보약에, 때마다 남편이 좋
아하는 반찬들을 늘 만들어 주었다. 며칠 후, 퇴근길에 과일가
게 아주머니를 다시 찾았다. 남편은 제일 맛있어 보이는 귤 한
바구니를 샀다. 그리고 집에 들어와 주방 탁자에 올려놓았다.
귤이 참 맛있다며 몇 달 만에 아내가 미소를 지었다.

한 방송에서 배우 차인표 씨가 인상적인 수상 소감을 말했
다. 그는 50년을 살아오면서 알게 된 진리 세 가지가 있다는 말
을 남겼다.

첫째, 어둠은 빛을 이길 수 없다.

둘째, 거짓은 참을 이길 수 없다.

셋째, 남편은 아내를 이길 수 없다.

이 중 세 번째 진리에 주목하자. 작은 일로 상처받기도 하지만, 작은 일에 감동하는 사람이 바로 아내이다. 사랑하는 사람과 사는 데 하나의 비결이 있다면 그것은 바로 상대를 변화시키려고 해서는 안 된다는 것이다.

나는 사랑한다는 말을 잘 하지 않는다

아니, 거의 하지 않았다

사랑한다고 말하는 순간부터

반드시 죽을 때까지 지킬 것이기에

사랑한다는 말을 함부로 하지 않는 것이다

사랑한다는 말은

지켜야 하는 것이기에

가벼운 것이 아니기에

무거운 책임감을 동반하기에

나와의 약속이고 그에 대한 예의이기에

어느 노부부 이야기

　어느 SNS에 올라온 90대 노부부의 사진이 있었다. 그 사진은 미국의 한 식당에서 부인의 식사를 살뜰히 챙기는 남편의 모습이었다. 그 모습에서 시간이 흘러도 변치 않는 진정한 사랑을 발견했다. 96세의 남편은 알츠하이머병을 앓고 있는 93세의 아내에게 음식을 먹여 주며 입가를 닦아 주곤 하였다. 결혼 75주년을 앞둔 노부부의 저녁 식사 모습은 여느 젊은 연인보다 다정해 보이고 아름답기까지 했다.

　요즘처럼 쉽게 만나고 쉽게 사랑하고 쉽게 이별하는 세상에서 진정한 결혼과 부부의 삶을 생각해 보게 한다. 사랑은 시간이 지날수록 더 깊어지고 단단해진다는 것을 몸소 보여 주고 있는 노부부의 아름다운 모습처럼 우리도 사랑하며 살아갔으면 좋겠다. 사랑에는 한 가지 법칙밖에 없다. 그것은 사랑하는 사람을 행복하게 만드는 것이다.

사랑에 미쳐야 순수하고 영원할 수 있다

사랑을 위해 용감하게 나아가 보라

자신의 본성을 거스르고

생명을 위협한다 해도

사랑 앞에서는 그 어떤 것도

장애물이 될 수 없고

그 누구도 막을 수 없다

당신에게는 그럴 용기가 있는가?

네 탓 내 탓의 공방

두 사람은 한동네에서 자란 친구였고, 서로의 가족도 알고 지낸 사이였다. 각자 서로의 길을 살았지만, 결혼해서도 틈틈이 안부 연락은 하고 지냈다고 한다. 그러는 사이 두 사람은 이혼하고 홀로서기의 삶을 10여 년 이상 지내면서 서로의 외로운 마음을 나누다 지속적인 만남을 가지며 제2의 삶인 재혼을 선택하고 함께 살기로 했다.

그렇게 합친 후 1년이 채 되기도 전에 위기가 찾아왔다. 결혼 전과 결혼 후의 서로의 달라진 모습과 생활 태도와 분노 조절과 알코올 중독에 지쳐만 갔다. 급기야 서로에 대한 이해와 존중과 배려 없음에서 소통 부족과 대화 단절로 이어져 부부 싸움이 잦아졌고 서로 막말과 폭력을 주고받기에 이르고 말았다. 결국 상담에서 긴 시간 각자의 마음속 이야기를 꺼내 놓기 시작했다.

　두 사람의 이야기가 끝난 후 사항을 짚어 가며 각자의 문제점과 오해에서 비롯된 문제점들을 이해와 설득과 공감으로 이어갔다. 그런데도 두 사람은 자신이 버려야 할, 놓아야 할, 고쳐 나가야 할 것은 절대 포기하지 않으며 오히려 상대방에게 이해와 공감, 정성과 노력 부족을 탓하기를 반복했다. 두 사람에게 부부의 헌신이라는 마음을 읽을 수가 없었다.

　자신을 이해하지 못하고 헤아려 주지 않고 노력하지 않는 상대방 탓만을 하기에 급급했고, 서로 물과 기름인 성격과 가치관, 경제관, 미래관을 직시하며 살바 싸움을 끝내 놓지 않았다. 부부가 되면 혼자일 때보다 더 노력하고, 이해하고, 내려놓고, 헌신해야 함에도 이 부부에게는 그러한 모습은 찾아볼 수 없었고, 자신만의 편안함과 홀가분한 상황만을 추구하는 '너는 너, 나는 나' 식의 간섭을 불허하는 동거 생활을 추구하는 것 같은 느낌만 들었다.

　부부는 결혼 전 여러 가지를 두루 살피고, 대화를 나누고, 소통하며 가식적이지 않고 꾸미지 않은 있는 그대로의 모습을 보여야 함에도 자신의 치부와 약점은 숨긴 채 좋은 모습만을 보여 주다가 결혼 후 함께 살을 맞대는 사이가 되면 여실 없이 드러난다는 것을 간과하여 결국엔 결혼 생활의 문제로 드러날 수밖에 없음을 모르는 것인지 그저 안타까울 따름이다.

당신이 좋아서 선택한 배우자인데 '왜 나만 노력하고 희생해야 하지?'라는 생각이 든다면 당신의 결혼은 결코 행복할 수 없을뿐더러, 부부 사이에는 승자도 패자도 없다. 부부는 끊임없이 자신을 돌아보고 나의 사랑하는 배우자에게 해 주지 못한 부족한 부분은 없었는지를 자신에게 물어보고 사랑을 느끼게 서로 노력하는 마음과 실천의 행동이 동반하면 행복하지 않을 수 없다.

세상에는 세 종류의 사람이 있다

이익을 위해 살아가는 사람은

이익이 없으면 떠나고

명예를 위해 살아가는 사람은

명예가 주어지지 않으면 떠나게 되지만

가짜가 아닌 진짜로 살아가는 사람은

떠나지 않으며 평생 함께 갈 수 있는

겉과 속이 일치하는 사람이다

나는 과연 어떤 사람인가?

사랑의 단계

　남녀가 만나서 성격과 취미 등을 맞춰 가며 좋은 감정을 가지고 사랑이라는 공통분모에 이르러 평생 함께할 것을 약속한 후 결혼하게 된다. 그 뒤 사랑스러운 자녀가 생기고, 그 자녀를 키우며 살아간다. 자녀들은 어느새 어른 키만큼 컸고, 자기 생각을 표현할 수 있을 정도로 성장했다. 이만큼 시간이 흐르면 과연 부부의 마음에는 사랑이라는 감정이 어떤 형태로 남아 존재하는지 궁금해진다.

　아내는 '아직도 나를 보면 심장이 뛰는지, 사랑하는지'를 남편에게 물어본다. 남편은 '여전히 심장이 뛰면 심장병'이라며 장난스레 받아친다. 하지만 그런 농담대신 아직도 쿵쿵 뛴다고 사랑한다고 말해 주면 어떨까. 사랑은 처음에는 떨리고 설

레는 단계를 거쳐 세월의 시간과 함께 공기처럼 언제나 곁에 있어 주는, 익숙해지는 성숙의 단계로 흘러가는 것 같다. 사랑에는 죽음과 동시에 끝나는 유효기간도 있듯이 그 과정에서의 성숙단계도 있을 것이다.

이 세상에서의 진정한 행복은

타인에게서 받는 것이 아니라

내가 타인에게 주는 것에 있다

그것이 물질적이든 정신적이든

사람에게 있어서

가장 아름다운 모습이기 때문이다

행복이란 사랑을 채우고

그 사랑을 나누는 데서 오고

사랑을 하고 사랑을 베풀고

서로를 믿고 신뢰하는 가운데 싹튼다

백지장도 맞들면 낫다

　부부는 홀로의 인생에서 결혼과 함께 남편과 아내라는 이름으로 함께 살아간다. 남자와 여자는 서로의 인생을 짊어지고 남편과 아내가 된다. 부부가 된 남자와 여자는 모든 것을 함께하며 남편이 되고, 아내가 된다. 남편과 아내는 자식을 낳고, 아버지와 어머니가 된다. 그리고 아들과 딸이라는 창조의 가치가 태어난다.

　'백지장도 맞들면 낫다'라는 말이 있다. 서로의 개성과 가치와 존재 자체를 인정하고 존중해 가면서 서로 함께 가는 관계로 삶을 살아가는 방법과 더불어 부부와 가정의 문화를 잘 만들어 가야 한다. 그 길은 남편과 아내가 찾아야 할 길이고, 그 길이 가정이라는 울타리에서 행복을 만끽하며 사는 희망의 길이기 때문이다. 부부는 백지장도 맞들면 낫다는 마음으로 그렇게 살아가는 관계이고 사이이다.

서로의 팬이 되어 밀어 주고 끌어 주고

응원해 가며 그 꿈을 향해 나아갈 것

인생은 만남과 관계의 연속이며

그 속에는 의미 있고 뜻깊은

행운의 만남도 있다

그 소중한 사랑의 인연을

잘 가꾸어 나가는 것 또한

각자의 몫이기에 소중하지 않을 수 없다

아름다운 정원을 가꾸듯

서로에게 정성 들임은 부부 관계의 핵심이다

가장 중요한 가치

요즘 들어 이혼을 고민하는 사람들이 많아졌다. 이혼을 생각하는 이유는 성격 차이, 경제문제, 가족 간 갈등, 배우자의 부정, 고부갈등, 그리고 정신적 육체적 학대와 건강 문제 등이 있다. 많은 사람에게 오랫동안 함께할 것을 맹세한 부부가 힘들게 이혼을 결정하는 이유에는 두 사람의 성격 차이가 압도적이다. 성격 차이 안에는 비단 성격뿐 아니라 생활 습관과 생각의 차이 등 부부가 얼마나 서로를 다르게 느끼는지도 들어 있다. 두 사람이 사랑하는 마음으로 만나서 결혼을 결심했을 때는 이토록 성격 차이가 둘의 결혼 생활에 장애물이 될지 몰랐을 것이다. 또는 차이가 있지만, 극복해 갈 수 있을 것이라는 서로를 향한 굳건한 믿음도 있었을 것이다. 그렇지만 얕은 차이의 골은 시간이 지나면서 점차 깊어지고, 어느 날 상대방에게 도저히 다가가기 어려울 정도로 넓고 깊어져 이혼을 생각하게 되는 것이다. 그렇다면 성격 차이는 어떻게 줄여 나갈 수 있을까?

한 사람의 성격을 바꾸는 것은 불가능하듯 두 사람의 차이를 줄여 나가는 것 또한 결코 쉬운 일이 아니다. 부부가 정말 나아가야 할 방향은 두 사람의 성격 차이를 줄여 나가는 것이 아니라, 서로가 다른 사람임을 알고 이를 인정해 주는 것부터가 필요하다. 부부 갈등에서 표면적인 옳고 그름을 따지는 것은 갈등을 해소하기보다는 오히려 심화시킨다. 옳고 그름의 문제는 애초에 결판이 날 수 없는 것이다. 남편의 입장에서 보면 남편이 옳고, 아내의 입장에서 보면 아내가 옳기 때문이다. 두 사람에게 가장 중요한 가치는 결국 가족의 행복이다.

부부는 다투는 와중에도 상대방이 거칠게 내뱉는 표현 속, 이면의 의미를 곰곰이 생각해 보아야 한다. 그리고 서로 자신이 옳다고 생각하며 배우자를 고치려는 태도를 버려야만 한다. 서로를 인정해 주지 않기 때문에 싸움을 멈추지 못하게 되는 것이다. 대부분 부부가 결혼 생활에서 추구하고자 하는 궁극적인 목적지는 행복, 사랑, 안정, 인정, 배려와 같은 것들이다. 명심해야 할 것들이다. 두 사람이 크게 다르지 않다는 것을 이야기하다 보면 알 수 있고 느끼게 된다. 눈앞에 갈림길을 두고 다투지만 도착지는 결국 같음을 받아들일 때 비로소 동반자로서 배우자를 보는 관점을 이해할 수 있게 된다.

상대가 원하는 것을

진심을 다해서 해 주면

당연히 상대가 사랑으로

응답할 것이라 착각하지 말자

상대의 응답을 받고자 하는 마음은

욕심이지 사랑이 아니다

사랑은 하는 것이고 주는 것이며

헌신과 희생이다

강요하거나 비위를 맞추거나

요구하거나 얻어내야 하는 것도 아니다

사랑은 주고받는 것이 아니다

또 다른 나

낯선 두 남녀가 만나 서로를 사랑하는 일은 아주 자연스럽
고 흔하면서도 당연한 것처럼 봄, 여름, 가을, 겨울이 수십 차
례 오가는 세월과 시간의 흐름 속에서 만난다. 헤어짐의 반복
과 교차지점을 수도 없이 넘나들다 슬픔과 아픔의 낭떠러지 앞
에서 누군가를 사랑하게 되고, 사랑받게 되는 것이 뜻 모를 인
연의 사랑이지 싶다. 넓고 넓은 세상과 수없이 많은 사람 중에
서 그렇게 서로를 만난 것이다.

상대방의 소중함을 잊어버리게 만드는

익숙함의 함정에 빠지지 않고

초심을 잃지 않고 한결같이

예전이나 지금이나 변함없이

사랑을 이어갈 수 있는 사람이라면

그 사람은 당신의 인생에서

가장 행복한 추억을

그려 넣어 줄 수 있는 사람이다

서로의 행복을 위해

우리의 삶에서 가장 소중하고 귀중한 인연은 누구일까? 그 사람은 바로 당신과 함께 가정을 이루고 사는 가족이다. 소중하고 귀중한 만큼 평생을 함께하는 것이다. 가족 간에도 내가 원하는 모습과 자존심을 내려놓으면 내려놓을수록 그만큼 이익이 된다.

그런 가정이 평화롭기 위해서는 가능한 상대가 원하는 것을 해 주고 들어주며, 서로가 그 마음과 행동을 배우고 따라 하려고 노력하는 본보기의 학습 태도가 필요하다.

오늘부터 내가 원하는 것을 해 주기를 바라고 그것을 상대에게 강요하지 않으면 가정도 행복하고 화목해지며, 그 안에서

살아가는 구성원 모두의 얼굴에 늘 화색이 돌 것이고, 행복의
웃음꽃이 만발할 것이다. 가족은 서로의 삶 속에 꼭 필요한 행
복의 도우미이다.

뿌리를 튼튼하게 하는 것은

좋은 거름이고

거름을 주는 것은

사랑이 깃든 정성 어린 마음이다

그렇게 하나하나가 모여

사랑으로 꽃피울 수 있는 것이다

가지면 가질수록
좁아지는 것이 마음이지만

나누면 나눌수록
커지는 것 또한 마음이다

4장

행복을 향한 발걸음

내가 원하는 삶

인생의 마지막을 앞둔 사람들이 가장 후회하는 것이 인생에 후회가 남아 있도록 살아왔다는 그 자체가 후회스럽다고 한다. 자신이 원하는 삶을 살지 않으면, 그냥 열심히 일만 하고 살게 되면, 감정의 표현에 솔직하지 않으면, 가까운 이들의 소중함을 모르면, 자기 행복을 위해 노력하지 않으면 죽기 전에 반드시 후회하게 된다는 것이다.

우리는 모두 마지막을 겪는다. 사랑하는 가족과 친구 그리고 나의 죽음까지도. 그 누구도 마지막을 피할 수 없다. 인생을 어떻게 살아가야 후회하지 않을까? 어떻게 살아야 후회하지 않는 삶을 살 수 있을까? 오늘일지, 내일일지 언제가 될지 모르는 삶이지만, 우리가 할 수 있는 건 매 순간 최선을 다해 후회 없이 사랑하며 살아가야 하는 것이지 않을까 싶다. 할 수 있었는데, 했어야 했는데, 해야만 했는데. 인생에서 가장 슬프고 미련이 남는 세 가지를 남기지 않기 위해서라도.

죽지 않고 살아 있는 것은 큰 이득이나

그 죽음은 늘 내 가까이 와 있다

사람이 죽음을 싫어한다면

마땅히 삶을 사랑해야 한다

어찌 살아 있는 즐거움을

하루라도 놓칠 수 있겠는가

어리석은 사람은

살아 있는 즐거움을 모르고

일부러 애써 다른 즐거움을 찾느라

삶의 보물을 잃어버리고

어렵고 힘들게 다른 보물을 탐하느라

마음에 만족이 없다

살아 있는 동안 즐기지 않다가

죽음이 임박해서야 죽음을 두려워한다면

그것이야말로 참 어리석은 일이지 않은가

사람들이 삶을 즐기지 않는 것은

죽음을 두려워하지 않기 때문일까

아니 죽음을 두려워하지 않는 것이 아니고

죽음이 가까이 있는 것을 잊고 살기 때문이다

마음의 단편

우리가 보는 달은 달의 한쪽만을 볼 뿐 온전한 둥근 달을 볼수 없다. 달의 자전 시간과 공전 시간이 지구와 같기 때문이다. 우리 삶도 마찬가지다. 매일 만나고 대하는 사람들의 모습도 누군가의 한쪽 면에 불과하다. 그렇게 한쪽 면만을 보고 살면서 그것을 전부라고 생각하는 오류를 범하고 만다.

아직도 모르고 있는 숨은 세계가 있다는 것을 모르고 있는 것은 아닐까? 몰랐던 마음에 닿기 위해서도 필요한 것이 있을 것이다. 지금까지 내가 본 것을 전부라 여기지 않고 사랑에서 비롯된 상상력으로 다가갈 때 마침내 우리는 지금까지 몰랐던 미답의 마음에 닿을 수 있게 될 것이다.

나의 말과 마음이 다르지 않기를

나의 마음과 가는 길이 다르지 않기를

그리하여 나의 말과 마음이 가는 길이 같기를

시간이 흐른 뒤 알게 되는

시간이 한참 흐른 뒤 뒤늦게 깨닫는 것들이 있다. 막상 일을 겪을 때는 그 일이 어떤 일인지, 무슨 의미가 있는 것인지를 알지 못하다가 시간이 한참 지난 뒤에 그 의미를 알게 되고 깨닫게 되는 일들이 있다. 그런 점에서 삶이 우리를 가르치는 방법 중에는 시간이 흐른 뒤의 깨달음도 있더라. 일러 주긴 일러 주지만 뒤늦게 후회하면서 깨닫게 하는 것이다.

나처럼 독서와 글쓰기의 의미를 뒤늦게 알게 되고, 일의 의미를, 인연과 사랑의 의미를, 가족과 이웃의 의미를, 삶과 인생의 의미를 시간이 한참 흐른 뒤에 깨닫는 경우들이다. 우리는 시간이 흐른 뒤 깨닫고 한 걸음, 한 단계씩 성숙해지는 과정을 거치며 살아간다. 그러니 언제 어디서나 오만하지 말고, 교만하지 말며, 배우고 익힘에 항상 전진하여 진중함과 더불어 겸손하고 착하게 살라는 뜻이리라.

저마다 자기 나름대로 피는 꽃이지만

하나의 씨앗이 움트기 위해

흙 속에서, 진흙 속에서, 엄동설한 속에서

참고 견디어 역경을 이겨 내고

피는 꽃이기에 아름다운 것이다

우리 삶과 인생도 그렇다

삶의 의미와 목적 찾기

재미없고 머리 아픈 공부를 한다. 취직하고 지겨운 직장 생활을 한다. 결혼해서 아이를 낳고 버거워한다. 청소하고 밥하고 설거지하고 빨래하며 지쳐 간다. 직장에 다니지만, 맨날 투덜댄다. 이 사람 저 사람에 치이고 넘어져 힘들어한다. 사는 것이 만만치 않음을 비로소 느낀다.

갈 길은 멀고 험난할 뿐인데 먹먹함이 밀려온다. 그러고 보면 세상에는 온통 힘든 일뿐인데 그럼에도 힘든 일을 선택한 이유가 있었을 것이다. 남들도 다 하니까? 라는 어설픈 이유가 아닌 정말 내가 공부와 일을 왜 하는지, 결혼과 아이는 어떤 의미인지, 일상을 산다는 것과 직장을 다니며 사람을 만나는 일에는 자신만의 의미와 목적이 있었을 것이다.

그것을 찾아내야 한다. 삶에 의미와 목적을 찾아낸 사람은 기쁘고, 즐거우며 행복해한다. 반면 찾아내지 못한 사람은 찾을 때까지 힘들어한다.

진정한 삶이란

삶 속에서 달아나려고

애쓰는 것이 아니라

그것을 직면하려고

노력하는 것이다

자신에게 주어진

있는 그대로를

사랑할 수 있는 가운데

자신과 타인 또한

사랑할 수 있어야 한다

그런 가운데

우리가 찾으려 하는 것은

멀리 있지 않고

바로 눈앞에 있다

오늘도 그렇고

내일도 그렇고

날마다 그렇다

그런데도

지금껏 살아 보니 살아가는 것은 그 누구에게나 쉽지 않고 참 힘든 일이다. 상처와 아픔 없는 사람이 없듯 내가 겪은 일들도 그리 순탄하거나 평범하지는 않지만, 나보다 더한 일을 겪어 온 이들도 많다는 것을 상담하며 실감하고 있다. 희로애락이 뒤섞인 인생 속에는 슬픔과 괴로움의 기억과 기쁨과 사랑의 기억이 함께 공존한다. 지나간 어제의 괴로움보다 현재의 행복한 순간을 소중하게 찾아보았으면 좋겠다.

행복한 기억은 위기를 견디고 버티는 자산이자 힘이 된다. 행복을 위해 매일 견디며 버티고 있는 그런 당신에게 전한다. 그런데도 행복한 사람들도 있더라. 그런데도 서로 사랑하는 사람들도 있더라. 그런데도 서로에게 버팀목이 되어 주는 사람들도 있더라. 그런데도 서로를 의지하면서, 고단한 세상을 헤쳐 나가는 사람들도 있더라는 사실만은 알았으면 좋겠다.

　우리의 마음속에는 희망의 창이 존재한다. 그 창은 우리에게 삶의 아름다움을 발견하게 하고 삶에 대한 희망을 느끼게 한다. 우리의 삶에는 마음이 전해지는 길이 있다. 그 길은 우리에게 세상의 아름다움을 발견하고 사랑을 느끼게 해 준다. 견디고 버텨 내는 힘 뒤에는 견디고 버텨 낸 만큼의 달콤한 행복이 기다리고 있다.

삶과 인생 사이에서

시간은 강물처럼 빠르게 지나가지만

그런 가운데 우리는 항상

소중한 사람들에게 소홀하다

사람들은 소중한 사람들을 돌봐 줄 시간이

앞으로도 충분할 거라 생각하지만

어느 날 갑작스러운 변화가 생기고 나서야

상대에 대한 사랑이 얼마나 깊으며

우리 마음속에 조용히 쌓여 왔는지 알게 된다

그러므로 우리는 매일 매 순간

곁의 소중한 사람들을

아끼고 사랑해야 한다

언제든지 홀연히 떠날 수 있는 우리이기에

현명하게 살아가기

건강한 나이 듦이란 무언가를 경험하고, 지혜를 겸비하고, 사랑하고, 무언가를 잃어버리고, 피부가 쭈글쭈글해지더라도 자기 모습에 대해 편안함을 느낄 수 있어야 한다. 누군가에게 나이 듦이란 후회, 걱정, 인색, 빈곤을 뜻할지도 또 다른 누군가에겐 자발적인 봉사, 깊은 이해, 조언 제공자, 자신의 재발견, 용서와 화해, 그리고 점점 잦아지는 건망증일지도 모른다.

이렇듯 그들의 나이를 향해 가는 나는, 그들을 지혜의 보고인 동시에 살아 있는 경고문으로 바라본다. 그들의 주름살 속에서 좋은 것을 찾고 나아가 지혜를 발견하는 탐색은 우리 자신의 실패와 성공을 기록하고 폭넓게 소통하면서 인간 경험의

범위를 확장하여 우리 뒤를 이을 후배들의 삶을 개선하는 '방향잡이'가 되길 바라는 마음이기도 하다.

우리는 모두 각자의 경로를 따라 나이 들어 가지만, 다른 사람의 경험에서 뭔가를 배울 수도 있다. 그들을 관찰하고 사색을 통해 과거보다 더 자기중심적으로 변했는지, 비판을 수용할 줄 알게 되었는지, 남들에게 위협적인 사람으로 변했는지, 주변 사람들에게 과도한 요구를 하고 있는지와 자신에 대해 제대로 알기 위해서이다. 현명하게 사는 방법 중 하나는 앞서간 인생 선배들의 삶을 관찰하고 깊게 사색해 더 나은 무언가를 발견하여 삶에 적용해 가는 것이다.

그릇된 인식은

잘못된 생각과 행동을 낳는다

무지나 얕은 견해로 인해

단편만 바라보기 때문이다

그릇된 견해는

그릇된 방식을 만들어

결국 마음에 병이 들어

시름시름 앓게 한다

지혜로움과 현명함을 지녀야

마음의 건강과 평온이 찾아온다

그러므로 바르게 보는 것이 아니라

전면을 볼 줄 알아야 한다

나만의 특별함

우리는 모두 이 세상에서 유일무이하며 자신만의 특별한 재능을 지니고 있다. 지금부터 자신의 강점과 약점이라 생각되는 것을 적어 보자. 그다음 자기 생각이 옳다고 쉽게 단정 짓지 말고 당신이 듣고 싶은 말을 하는 사람이 아닌 듣기 거북하지만, 신뢰할 수 있고 가식 없이 진실과 교훈을 알려 줄 수 있는 사람으로부터 피드백을 받자.

당신은 그 도움을 통해 당신의 재능에 대한 보다 현실적인 관점을 가질 수 있다. 그런 다음 당신이 열망하는 것을 찾아내고 그 속에서 살도록 노력하자. 목록을 작성하고 과제를 수행하되 인내심을 가져야 한다. 당신이 찾는 삶의 목적은 하룻밤 사이에 갑자기 떠오르지는 않는다. 그러나 사랑과 마찬가지로 당신이 그것을 거의 기대하고 있지 않을 때 나타나게 된다. 존재 이유를 찾는 행위는 그 어떤 장애에도 굴하지 않는 강인하고 긍정적인 태도를 가져다준다.

배우려 하지 않은 시간

도전하지 않은 시간

그냥저냥 허비한 시간

받기만 하고 나누지 않은 시간

뒷걸음질 제자리걸음 한 시간

우물쭈물 머뭇거린 시간

아무도 만나지 않은 시간

생각 속에만 머문 시간

무어라 말하지 않은 시간

행동하고 실천하지 않은 시간

그리고 사랑하지 않은 시간

가장 큰 낭비의 시간들이다

시간은 내가 어떤 식으로든

사용한 만큼 내 삶과 인생에 묻어난다

삶을 대하는 태도

사람들은 처음부터 비슷하게 타고나지만, 아주 작은 차이 때문에 제각각의 삶은 크게 달라진다. 그 작은 차이란 바로 삶을 대하는 태도에서 비롯된다. 인간은 자기 행동을 변화시킴으로써 자기 삶을 변화시킬 수 있다.

대부분 사람은 삶을 대하는 태도가 자기 행복과 성공뿐만 아니라 주변 사람들의 행복과 성공에도 영향을 줄 수 있다는 사실을 간과하곤 한다. 주변 사람들이란 가족, 친구, 벗 또는 직장 동료일 수도 있으며 그들에게 내 태도가 전이된다는 뜻이다. 그렇기 때문에 우리는 때때로 자신에게 다음과 같은 '나는 내 삶을 대하는 태도가 과연 누군가가 따라 할 만한 것인가?'라는 질문을 던질 필요가 있다.

긍정적인 삶의 태도를 유지하기가 결코 쉬운 일이 아니라는 사실에는 누구도 이견이 없을 것이다. 쉽지 않을 뿐 아니라 개인적인 노력도 상당히 필요하지만, 누구나 할 수 있는 일임은 틀림없다.

나의 선택에 따라, 나의 삶을 대하는 태도에 따라, 나는 하루하루 많은 타인의 삶을 향해 긍정적이거나 부정적인 영향을 끼치고 있다. 삶을 대하는 좋은 태도와 함께 좋은 말과 자신만의 긍정적인 에너지를 통해 자기 삶에 자극을 주어, 자신이 꿈꾸는 삶을 영위하고 타인의 삶에도 긍정적인 변화를 일으킬 수 있었으면 좋겠다. 그리하면 훗날 자기 삶에 즐거움과 행복의 크기가 결정될 것이다. 우리는 가까이 있고 곁에서 자주 보는 것들과 서로 닮아 간다.

왜 나만 힘들까 하고 느낀다면

지금 당신이 일 때문에 불행하다고 느낀다면

삶에 대한 스트레스가 한계에 다다랐다고 느낀다면

갖고 싶은 건 너무 많은데 가진 건 너무 적다고 느낀다면

과거 때문에 더 이상 상처받고 싶지 않다면

나도 모르게 스스로를 부정하게 된다면

변해 보려고 발버둥 치고 애써 보지만 상황은 더 나빠진다면

행복한 순간 문득 찾아오는 두려움을 떨치고 싶다면

정말로 행복해지고 싶다면

지금 나는 내가 가진 것에 만족하고, 행복하다고

망설임 없이 말할 수 있어야 한다

긍정적이고 행복한 생각을 하면

당신의 인생도 행복으로 물든다

나는 너의

나는 당신의 영원한 동반자이며 당신의 가장 위대한 유산이자 가장 무거운 짐이다. 나는 당신을 성공으로 이끌거나 절망의 나락으로 끌어내릴 수도 있다. 나는 온전히 당신의 지시만 따르고 당신이 하는 일의 절반은 나에게 돌아온다. 왜냐하면 나는 그것들을 빠르고 정확하게 해낼 수 있기 때문이다.

나는 다루기가 쉬우니 붙잡고 놓치지는 마라. 훌륭한 사람들은 내가 훌륭하게 했고, 실패한 사람들도 내가 실패하게 했다. 나는 기계는 아니지만, 기계 같은 정밀함과 사람 같은 지능을 가지고 일한다. 당신은 나를 이용하여 이득을 얻을 수도 있고, 파산에 이를 수도 있다. 당신이 어떤 결과를 원하는지 나에게 보여 주고, 나를 교육하고, 나를 단련시키고, 나를 안내하면, 당신은 저절로 해낼 수 있을 것이다.

　그런 나는 당신의 습관이다. 만약 당신이 좋은 습관을 지니고 있다면 좋은 습관이 당신을 만들어 갈 것이고, 그 하나의 습관은 당신만의 탁월성이 될 것이다.

무엇이든지 일단 시작하는 게 중요하다

얼마나 가능성이 있는지는

자기 자신조차 모르기 때문이다

망설임 없이 시도하자

자기 인생의 각본가나 연출가는 자신뿐이다

타인이 나의 인생 각본을

대신 써 주지는 않는다

성공한 사람은

좋은 소질과 기회와 장소

자신의 발전을 도와주는

인맥을 갖추고 있다

우유부단하며 한 우물을 파지 못하고

여기저기 기웃거리는 사람은

승부에서 이길 수 없다

실패를 두려워하지 말자

잃을 것은 아무것도 없다

인생이라는 큰 승부에서

한 번쯤은 모험에 뛰어들어 보자

결과와 성과와 보상은

생각하지 못할 만큼 따라온다

자신을 믿고 가 보자

벌써 두근거리지 않나?

한없이 깊고 어두워도

몸과 마음이 지치고 힘들 때가 많은 세상살이다. 하지만 가장 힘들고 극복하기 어려운 건 타인과 비교해 나의 환경과 처지가 부족하다고 느낄 때가 아닐까 싶다. 왜냐하면 내가 선택하지 않은, 그저 주어진 환경에 대한 원망과 미움이 생기기 때문이다. 상황이 상황인지라 자기 상황과 환경 때문에 힘들어하는 사람들이 많다. 남들과 달리 부모님이 아무것도 지원해주지 않아 스스로 벌어서 해야 한다고 한탄하는 사람이 의외로 많은 것처럼.

하지만 상황과 여건이 어렵다는 이유로 아무 시도도 하지 않는다면 제자리걸음만을 하는 꼴이 되고 만다. 환경은 분명히 나에게 영향을 주지만 그 환경을 스스로 나아지게 할 수도 있다. 어려운 조건과 상황과 환경에 대한 원망이 들 때는 현실에서 내가 할 수 있는 가장 가까운 일을 찾아보면 좋다. 가장 먼저 그동안 해 왔던 일들을 분류하고 나를 이루는 건 무엇이었는지, 어떤 전환점이 있었는지 짚어 본다. 그리고 현실과 내 모습을 인식하여 지금 당장 할 일은 무엇인지를 파악하고 하나씩 시도해 나가면 된다.

조건과 상황이란 내가 어디를 갈 수 있는지를 정하는 것이 아니라, 어디에서 시작할지를 결정할 뿐이다. 지금 나의 마음과 상황이 한없이 깊고 어두울지라도 주변 상황과 환경을 회피하지 않고, 그 무엇에도 굴하지 않고, 변명과 탓을 하지 않고 가 보자. 그렇게 이겨 내고 극복해 보면 마침내 세상의 한가운데에서 환하게 빛을 발하는 나를 반드시 발견하게 될 테니.

언제나처럼

매일 맞이하는

상쾌한 아침이다

오늘따라 왠지 모르게

참 기분 좋은 아침이다

어쩌면 매일 반복되는

삶의 울타리 속에서

버겁게 살아가고 있지만

순간순간 문득

살아 있음에

살아가고 있음에

감사함과 행복함을 느낀다

오늘 이 아침 나의 주변에

고마움과 감사한 마음을 전하고 싶다

행복한 웃음을 지을 수 있고

누군가에게 안부를 물을 수 있다는 게

그러한 마음을 가질 수 있다는 게

또한 행복이지 싶다

이 좋은 아침을 당신에게

훌훌 털고 일어나

물컵에 물을 따르면 물컵의 무게와 물의 무게가 물컵의 무게가 된다. 이 물컵의 무게는 내가 물컵을 들지 않거나 물컵을 얼마나 오랫동안 들고 있느냐에 따라 달라진다. 몇 분간은 들고 있을 수 있으나 오랜 시간이 지나면 서서히 팔이 저려 점점 무겁게 느껴질 것이다. 하지만 그럼에도 물컵과 물의 무게가 변한 것은 아니다.

우리가 살아가면서 생각하고 느끼는 스트레스와 걱정과 고민도 물컵의 물과 같다. 잠깐은 별문제가 되지는 않지만, 모든 스트레스에 대해 끊임없이 생각하면 할수록 머리는 지끈거리고 골치만 아플 뿐이다.

만약 하루 종일 스트레스만 생각한다면 아무것도 할 수 없는 상태가 되고 말 것이다. 걱정과 고민도 마찬가지다. 결과에 대한 부담감과 아직 오지 않은 미래에 대한 걱정은 오래 생각할수록 나를 무겁게 짓누를 뿐이다. 그러니 물컵을 든 팔을 홀가분하게 내려놓고 물컵에 스트레스와 걱정과 고민을 채우지 않는 것이 현명하겠다.

또한 순간순간 하루하루에 집중하며 기분 좋은 긍정적인 감정을 생각하는 것이 정신 건강에도 좋다. 도저히 끝날 것 같지 않은 하루의 삶 속에서 사람과의 관계와 일의 무게에 짓눌리며 매일 해야 할 일을 마친 오늘 하루의 나는 성공한 사람이다.

하루 끝자락에 다다르면 나에게 이렇게 말해 보자. 오늘 내가 할 몫은 다했고, 고생했고, 수고했다. 그리고 더할 나위 없었다.

많은 사람이 행복하기 위해

특별한 조건을 찾아 나선다

자신이 원하는 특정한 조건이

갖추어졌을 때 행복할 거라 여기기 때문에

끊임없이 자신이 원하는 상황을 추구하며 살아간다

그러나 지혜롭고 현명한 사람은

외부 상황을 바꾸려 하기보다는

자신을 변화시킴으로써 행복을 얻는다

행복의 원천은 외부가 아닌 자기 안에 있다

그러나 외부를 바꾸려는 사람이든

내부를 바꾸려는 사람이든 모두

지금 이대로의 현실에는 만족하지 못한 채

안이나 밖의 무언가를 바꾸려고 한다

변화되기 전과 후를 나눈 뒤

변화된 뒤의 삶을 선택하는 것이다

분명한 것은 지금 이대로의 현실이야말로

진실임을 깨달아 상황과 자신 그 어떤 것도

바꾸려 들지 않는 것이 진실이고 현실이니

나의 뜻대로 가려서 취하려 하지 말아야겠다

순풍에 돛 단 듯

'순풍에 돛 단 듯'이라는 말이 있다. 배가 갈 방향으로 돛을 다니 배가 빨리 달린다는 뜻으로, 일이 뜻한 대로 순조로이 진행됨을 비유하는 말이다.

인생을 살다 보면 기운이라는 게 있다. 달리 말하면 파도와 바람 같은 것이다. 파도에는 높은 파도와 낮은 파도가 있고, 바람에는 순풍과 역풍이 있다. 파도가 낮고 순풍을 받으면 돛을 활짝 펴고 항해할 수 있지만, 반대로 파도가 높고 역풍이 불면 목적지로부터 점점 멀어져 배가 난파될 수도 있다.

슬럼프 때문에 자신의 불운을 불평하는 사람은 확실히 바람과 파도의 상태를 알고 있는 사람일 것이다. 그러나 분명한 것은 그 상황을 해결하는 데 한탄은 아무런 도움이 되지 않는다. 인생을 보다 나은 환경으로 바꾸기 위해서는 바람이 어느 쪽으로 부는지, 파도 높이에 변화가 있는지를 유심히 잘 살펴야 한다. 운이 나쁘더라도 사람들의 평가는 올랐다 내렸다 한다. 아무리 거센 역풍도 끝이 있으며 그것을 맞받아 나가려 한다면 힘만 소진하고 쓰러지기 십상이다.

그럴 때는 힘을 아껴서 충전해야 한다. 휴식도 운을 놓치지 않는 비결 중의 하나다. 쉴 때 무엇을 할 것인가에 따라 기회가 찾아올 때 유익하게 작용한다.

흐름에는 기세가 있다. 역풍의 기세가 꺾이고 풍향이 바뀔 때, 그때 우리는 힘을 등에 업고 전진하면 된다. 세상 모든 것에는 흐름이 있듯이 자신을 알아 세상 만물의 모든 흐름을 잘 살펴 흐름을 읽어 내는 능력이 곧 자산이 된다.

그 어디에도 머무르지 않고

그 어떤 소유에도

집착하지 않는 삶은

얼마나 멋진가

삶의 진정한 가치와 의미를

찾아 가는 사람의 모습은 아름답다

부에도 걸리지 않고

권력에도 매몰되지 않고

명예에도 머물지 않을 때

삶의 참된 가치와 의미와

진정한 나를 만나게 된다

가끔씩 내게 물어본다

내 삶의 주인은 나인가 아닌가

때로 탐내고 때로 화내는

내 삶 역시 분주한 것이기만 하다

바람에 걸리지 않는 바람처럼

자유로운 삶이 나는 그립다

나는 내 삶에 어떤 대답을 지니고 있을까?

화려한 도약은 아니지만

한 걸음 한 걸음

쉬지 않고 꾸준하게

앞으로 나아간 것이

지금의 나를 만들었다

쉽지 않았지만

그렇다고 멈추지도 않았다

고마운 지금

많은 사람이 남 탓을 비롯해 상황 탓, 환경 탓, 부모 탓, 학교 탓, 사회 탓, 세상 탓을 한다. 나 역시 한때는 내게 주어진 상황과 환경을 받아들이지 못해 수도 없이 방황하고 처지를 원망했었다. 하지만 그럴수록 불행한 것은 결국 나 자신이었고, 주변 사람들까지 불행하게 만들었으며 내 주변에는 아무도 없었다.

하지만 우리가 모두 완벽하지 않은 것처럼 완벽한 가정, 완벽한 교육, 완벽한 사회, 완벽한 환경과 상황이 얼마나 있겠는가. 뉴스를 통해 내가 살아 숨 쉬고 있는 세상 곳곳에서 일어나고 벌어지는 전쟁과 가난, 재난과 재해, 사건과 사고를 겪는 사람들을 보고 나면 그런데도 나는 이렇게 사지가 멀쩡한 것만으로도, 가족이 살아 있다는 것만으로도 얼마나 다행인가 하는 생각이다.

자유롭게 내가 좋아하는 일과 하고 싶은 일 그리고 해 보고 싶은 일을 할 수 있다는 것만으로도 행운이라는 생각이 든다. 마음에 들지 않는 것이 있으면 그것을 고쳐 가며 바꾸고, 바꿀 수 없다면 받아들이는 것이 행복의 지름길이지 싶다. 중요한 것은 나 자신을 변화시키고, 그다음 주변 사람들을 변화시키고, 그렇게 조금씩 세상을 변화시키는 것이리라.

그 모든 것을 이겨 내고 극복하여 변화된 내가 지금은 작가와 상담가로서 한 사람 한 사람에게 긍정적이고 희망적인 메시지를 전달해 줄 수 있다는 사실만으로 감사함을 느끼고 있다. 더도 말고 덜도 말고 지금처럼만 하면 더할 나위 없다.

• 긍정의 한 수 •

길을 걸으며

이 길의 끝을 생각한다

이 길의 끝이

다시 시작이기를 기원한다

그것은 마치 절망 속에서

절망의 끝을 생각하는 것과 같다

가슴 속에서 사라지지 않는

빛 한 줄기가

고통 속에서도

저 먼 깨달음의 세계를 비춘다

어렵고 힘들어도 길이 있으므로

나는 걷고 걷는다

걷고 있으므로 행복한 나는

언제나 이 어둠의 끝을 본다

어둠은 있으나 없고

고통은 있으나 곧 노래가 된다

고통 저 깊은 곳에서

피어오르는 희망의 노래를

느린 걸음

주말에는 주로 지방 상담이 잡혀 있어 고속버스나 열차를 타고 이동하는 편인데 이동하면서 느끼는 것이 있다. 창밖의 지나치는 풍경들이 어지러울 만큼 빨리 지나간다는 것이다. 먼 곳을 바라봐야만 그나마 천천히 바깥 풍경을 음미하며 계절의 흐름을 볼 수 있다.

빠르다는 것은 시간을 단축시키지만 풍경을 잃게 한다. 빠르다는 것은 그런 것이다. 편리하지만 정서의 상실을 남기는 것이 빠른 것의 특성이기도 하다.

삶의 속도 또한 나이가 들수록 그 나이에 맞게 빠르게 흘러 간다. 함께 모여 살던 시간을 지나 각자 개체가 되어 살아야 하는 오늘 우리의 속도는 시간의 속도를 더욱더 빠르게 가중하고 있다. 그 빠른 시간의 속도 속에서 마음을 바라보기란 쉽지 않다. 내 시간의 속도도 이제는 그리 만만한 것이 아니다. 이제는 시간의 속도감이 느껴진다.

그리고 그 위에서 때로 그 속도에 빠르게 휩쓸려 가는 무상한 삶의 모습들을 만난다. 건조하고 이미 많이 무뎌져 있는 내 모습을 만날 때마다 시간의 빠름을 생각하게 된다. 때가 되면 사라지고 때가 되면 돌아오는 시간 속에서 빠른 삶의 속도가 새삼 무상하다. 아무리 숨 가쁜 시간에도 느리게 흘러 조용한 숨결 머금은 곳은 있으니.

느리다는 것은 단단하고 야물게 세상을 보아 가며 마음으로 음미하며 사는 일이고 그렇게 사는 것이 아름다운 일이다. 볼 수 있고, 느낄 수 있고, 음미할 수 있게 마음의 여유로움으로 느리게 가자.

인생길을 걸어가는 우리는 때로는

이런저런 일에 가로막히기도 하고

엉뚱한 것에 마음 빼앗기기도 한다

마음과는 달리 늘 먼 길을 돌아간다

지름길처럼 질러서 가면 좋으련만

목적지의 지름길 또한 알지 못하고

한 치 앞도 알 수 없고 모르는 길을

굳이 서둘러 빨리 간들 무슨 소용 있으랴

그것이 우리네 인생길임을 잘 알기에

나는 오히려 빙 둘러서 가는 멀고 굽은 둘레길을

천천히 탐색하며 걸어가는 에움길을 선택했다

마음으로 가는 길이 진짜 길임을 알기에

즐기듯 음미하며 느리게 걸어가는 참맛을 알기에

당신은 오늘 행복해집니다

인생길이 그저 평탄하기만 한 사람이 세상에 몇이나 될까? 우리는 누구나 험한 가시밭길도, 까마득한 낭떠러지도, 위태로운 외나무다리도, 앞이 보이지 않는 거센 비바람과 눈보라도 맞닥뜨리며 살아간다.

우리 사람 사는 세상이 그렇다. 지금 내가 서 있는 이곳이 남들이 보기에 어떤 위치이고 자리이건, 지금까지 숱한 그 고비들을 모두 견뎌 낸 것만으로도 당신의 삶은 충분히 꽃보다 아름답고, 사랑스럽고, 자랑스럽다는 것을 절대 잊지 말기 바란다. 거칠고 험한 세상을 버티고 이겨 낸 당신의 삶에는 그 힘든 만큼의 행복이 반드시 찾아온다.

삶의 길목에는 항상 행복과 불행이 머물러 있다. 그래서 우리 삶이 오늘은 행복했지만, 내일이 불행하기도 한 것이다. 행복은 등 뒤의 그림자처럼 마음의 변덕에 따라 내가 어디를 가든 따라다니기도 하고 없어지기도 한다. 행복을 찾아서 행복한 것이 아니라, 행복하기 위해 노력하는 과정에 행복이 있음을 잊지 말고 늘 최선을 다해야 한다. 그것이 삶에서의 행복을 추구하는 인간의 예의가 아닐까 싶다.

삶이 나를 힘들고 못살게 할지라도 우리가 최선을 다해야 하는 이유는 그것이 삶에 대한 우리의 예의이기 때문이다. 그런 당신의 오늘이 행복하기를.

잘사는 것이

잘 죽는 것이며

잘 죽었다는 것은

잘살았다는 것을 뜻한다

잘살기 위해서는

사랑하는 마음이 있어야 한다

자기만을 사랑하고

돈과 권력과 욕망만을 사랑하고

사람을 사랑하지 않은 사람은

진정한 사랑을 모르는 사람이기에

삶을 사랑하는 마음과

사랑하는 법을 알 수 없다

삶이 우리에게 알려 주고 깨우쳐 주는

사랑을 느끼고 누리고 감사하고

행복할 방법 또한 알 수 없다

그러기 위해서는 나를 사랑해야 하고

나를 사랑하듯 타인은 물론

사람과 삶 자체를 사랑해야 한다

그렇고 그런 삶

같은 것을 보고 느끼고 대함에 있어 엄연히 존재하는 차이들 속에서 사는 우리다. 살아온 배경의 차이, 교육의 차이, 집안 문화의 차이, 시각의 차이, 의견의 차이, 생각의 차이일 수도 있다. 일상에서도 나의 그 어떤 말이나 행동은 선의이지만, 받아들이는 사람은 악의로 받아들이는 씁쓸함의 엄연한 현실에서 그 말과 행동에는 사실과 진실보다 깊은 애정과 사랑이 있음을 모르는 어리석음도 있다.

그것을 인지하지 못하는 안타까움 속에서 우리는 매일 그것들과 부딪치며 오해하고 갈등을 겪으며 살아가고 있다. 아무리 청렴결백하고 바른 사람이라도 시기와 질투 미움과 오해를 살 수 있는 미흡한 사람들과 함께 살아가고 있음이다.

그런데도 언제 어디서 누구를 만나고 대함에 있어 더욱 진실하게 노력하며 겸손함 속에서 돌아봄을 다짐할 수밖에. 이 정답이 없는 세상에서 나도 그 누군가에게 그렇게 느껴질 수 있다는 것을 겸허하게 받아들이며 오늘도 하루를 돌아보며 탄식하고 반성의 시간을 가진다. 아무리 바른 마음일지라도 칭찬도, 욕도 골고루 들을 수 있는 참 재미난 세상이 곧 우리네 삶이니.

굳이 알려고 하지 않는다

모르는 것을 인정하며

남겨 두기로 한다

모르는 것이 있다는 것은

얼마나 마음 편안한 일인가?

굳이 가지려 하지 않는다

갖지 못할 것을 인정하며

비워 두기로 한다

가질 수 없는 것이 있다는 것은

얼마나 마음 넉넉한 일인가?

굳이 말하려 하지 않는다

말로 못 할 세계가 있음을 인정하며

침묵하기로 한다

말로 할 수 없는 것이 있다는 것은

얼마나 마음 푸근한 일인가

굳이 가 보려 하지 않는다

가닿을 수 없는 미답의 세상이 있음을

받아들이기로 한다

발길 닿지 않는 곳이 있다는 것은

얼마나 마음 아늑한 일인가

일상의 소중함

지금은 절판이 된 장 도미니크 보비의 《잠수복과 나비(양영란 역, 동문선, 1997)》라는 책이 있다. 책에 실린 글은 〈잠수종과 나비〉라는 영화로도 만들어졌다. 파리의 유명한 저널리스트였던 저자는 기자 생활 중 갑작스러운 뇌졸중으로 쓰러진 후 3주 만에 의식은 회복했으나 몸을 움직일 수 없는 현실과 마주하게 된다. 그가 움직일 수 있는 건 왼쪽 눈꺼풀이 전부였다.

그는 유일한 의사소통의 수단인 왼쪽 눈꺼풀을 동료가 알파벳을 순서대로 불러 주면 원하는 알파벳이 나올 때 눈꺼풀을 깜박이는 식으로 한 단어를 완성하고, 문장을 완성하여 마침내 15개월 동안 200만 번 이상을 깜박여 《잠수복과 나비》라는 책 한 권을 출간하게 된다.

한 단어를 만들기 위해 그는 얼마나 많은 눈을 깜박였을까? 만약 내가 그런 상황이라면서 가능했을까 생각해 보게 된다. 한 사람의 생이 한순간에 참담하게 무너져 버린 가혹한 운명의 벽을 맞게 된 그의 상황이 묵직하고 슬프게 와 닿는다. 한 줄기 빛도 없는 암울한 현실에서 그가 삶 속에서 어떻게 희망의 빛을 찾아가는지 눈물겹게 넘어선 그의 이야기는 어떻게 삶을 살아야 하는가에 대한 고민에 처절한 감동으로 다가온다. 그는 자신의 운명 앞에 굴복하기보다 그 운명을 뛰어넘어 사람들에게 살아 있음과 삶의 소중함을 일깨워 준다.

매일의 삶을 소중함도 모른 채 기계적으로 아무런 느낌도 없이 살고 있는 건 아닌지 돌아보길 바란다. 사랑하는 사람 곁에서 자고 일어나 눈을 뜨고, 커피 한 잔을 마시고 출근을 준비하며, 가족들의 분주한 소리로 시작되는 하루하루가 얼마나 소중한 것인지 생각해 보았으면 좋겠다. 희망이란 어떤 절망적인 환경 속에서도 자신이 만들어 가는 것이며 좌절 속에서 만들어 내는 것이다.

기쁠 때 웃고

슬플 때 우는 일은 쉽지만

슬퍼도 웃을 수 있어야 한다

불행 속에서도

행복을 찾을 수 있어야 한다

그럴 수 있도록 노력해야 한다

끝까지 놓치지 않는

희망의 마음만 있다면

분명 좋은 일이 있으니

우리 포기하지 말자

모든 일이 그런 것 같다

슬픈 일 중에도 어디선가

기쁜 일이 만들어지고 있듯이

중요한 건 언제라도

기쁨이 찾아올 수 있게

마음의 문을

활짝 열어 놓는 게 중요하다

마음속으로 햇살 같은 희망이

마음껏 들어와 빛날 수 있도록

당신은 뭘 해도 될 사람이다
다가올 일에 대한 걱정은
눈앞에 왔을 때 생각하자

그 일은 분명 지나가기 마련이니
인생이 뜻대로 되지 않는다고
절망하거나 낙담하지 말자

아무리 노력한다 해도 최선을 다한다 해도
안 되는 일은 있기 마련이다

쉬지 않고 달려야 할 때도 있고
가만히 숨을 고를 때도 있는 법이며
버스와 기차를 놓쳤다면
다시 오는 버스와 기차를 기다리면 된다

그저 물 흘러가는 대로 그저 바람이 부는 대로
마음 속에 담아 두지 말고 고이 흘려보내자

세상을 사는 것은 그리 녹록한 일은 아니다. 그러나 나름대로 잘 살아갈 수 있는 비결은 있는 법이다. 물론 책 한 권을 읽는다고 그런 묘수를 쉽게 익힐 수 있는 것은 아니다. 그렇지만 어려운 환경 속에도 굴하지 않고 험한 세상을 돌파하여 잘 살아가며 매해 책을 내겠다는 언행일치의 약속을 지키는 저자가 자신의 온전한 경험을 잘 풀어낸 비방은 그 지름길을 알려 주는 듯하다. 특히 이 책의 내용을 생각의 한 수, 마음의 한 수, 긍정의 한 수 등을 통해서 되새기다 보면 지치고 힘들 때 기가 막힌 동반자가 될 것이다. 이 책을 읽으며 나와 너, 우리를 지나 함께 행복으로 나아가는 여정을 통해서 우리 모두 의미 있고 가치 있는 삶을 살아가게 될 것을 기대한다.

- 《진정한 행복의 7가지 조건》 저자,
서울성모병원 정신건강의학과 교수, 긍정학교 교장 채정호

삶은 비극과 희극의 끊임없는 교차로 이루어진다. 그 속에서 사랑과 행복을 찾아가는 것은 우리에게 주어진 과제이다. 하나의 사건을 두고도 행복을 논하는 자가 있고, 반대로 불행을 자처하

는 사람이 있으니 말이다. 김유영 작가의 글을 찬찬히 따라가다 보면 돌 틈에 핀 꽃처럼 삶의 희망을 발견할 수 있다. 한 편의 글을 통해 세상을 사랑으로 바라볼 수 있다는 건 큰 행운이다. 이 책을 집어 든 여러분이 그 행운의 주인공이 되어 외치길 바란다. "세상을 사랑하게 되었고, 그래서 행복했노라"라고.

-《N잡러개론》《완벽한 퇴사》 저자, 브랜드미스쿨 대표 우희경

《좋은 사람이 되어 줄게》라는 제목을 보면서 지난 시간 동안 매일 좋은 사람이 되어 주셨던 김유영 작가님이 저절로 떠오른다. 어쩌면 가장 자기다운 테마를 이번 책에 녹였다는 생각이 든다. 좋은 사람으로 살려고 애써도 인간관계는 쉽지 않아 오해도 사고 미움도 쌓고 여전히 힘들지만, 작가가 전하는 메시지처럼 독자들이 그 마음을 간직하고 알아봐 주는 사람들로 가득 찬 인생이 되시기를 진심으로 바란다. 7번째 출간을 다시 한번 축하드리며, 쌓아온 삶과 상담, 글의 무게가 더욱 깊이를 더하는 시점이다.

-《오픈 샌드위치》,《우리를 다시 살아가게 하는 시간》,《휘게 육아》 저자
이정민(데비 리)

좋은 사람이 되어 줄게

펴낸날   초판 1쇄 2023년 11월 29일

지은이   김유영

펴낸이   강진수
편 집   김은숙, 최아현
디자인   이재원

인 쇄   (주)사피엔스컬쳐

펴낸곳   (주)북스고   **출판등록** 제2017-000136호 2017년 11월 23일
주 소   서울시 중구 서소문로 116 유원빌딩 1511호
전 화   (02) 6403-0042   **팩 스** (02) 6499-1053

ISBN   979-11-6760-059-2   03810

책 출간을 원하시는 분은 이메일 booksgo@naver.com로 간단한 개요와 취지, 연락처 등을 보내주세요.
Booksgo는 건강하고 행복한 삶을 위한 가치 있는 콘텐츠를 만듭니다.